CLAUDIA ROSSBACHER

Enter ermittelt

VON WEGEN GOLDENES WIENERHERZ Als hätte der eigenbrötlerische Kriminalinspektor Franz Enter nicht schon mit sich selbst genug zu tun, muss er auch noch die skurrilsten Mordfälle aufklären. Mehr als zwei Dutzend Leichen – wo hat man das schon mal gesehen! Warum hat es ein Serienmörder ausgerechnet auf Toilettenfrauen abgesehen? Wer hat die Tänzerin der Peepshow auf dem Gewissen? Und warum fällt sogar in Enters wohlverdientem Urlaub ein Bläser tot vom Stuhl?

Claudia Rossbacher schickt ihren Wiener Kultinspektor auf rätselhafte Mörderjagd. Helfen Sie dem grantigen, aber liebenswerten Enter 30 kniffligige Fälle zu lösen und lernen Sie dabei die Stadt mit ihren unterschiedlichen Milieus kennen. Schwarzer Humor, morbider Charme und Wiener Schmäh garantiert!

© rafaelaproell.com

Claudia Rossbacher, geboren in Wien, zog es nach ihrem Studium der Tourismuswirtschaft in die Modemetropolen der Welt, wo sie als Model im Scheinwerferlicht stand. Danach war sie Texterin, später Kreativdirektorin in internationalen Werbeagenturen. Seit 2006 arbeitet sie als freie Autorin in Wien. In dieser Zeit entstanden unter anderem mehrere Kriminalromane und Kurzkrimis. Ihr bei Gmeiner 2011 veröffentlichter Roman »Steirerblut« wurde im Herbst 2012 für den ORF verfilmt (Regie: Wolfgang Murnberger). »Steirerherz« aus dem folgenden Jahr konnte sich, wie schon der erste Fall der LKA-Ermittlerin Sandra Mohr, einige Monate lang in der österreichischen Schwarzer Bestsellerliste behaupten.

Bisherige Veröffentlichungen im Gmeiner-Verlag:
Steirerkind (2013)
Steirerherz (2012)
Steirerblut (2011)

CLAUDIA ROSSBACHER

Enter ermittelt

30 Rätsel-Krimis

GMEINER *Original*

Texte erstmals erschienen in der ›Presse am Sonntag‹

Personen und Handlung sind frei erfunden.
Ähnlichkeiten mit lebenden oder toten Personen
sind rein zufällig und nicht beabsichtigt.

Besuchen Sie uns im Internet:
www.gmeiner-verlag.de

Im Ehnried 5, 88605 Meßkirch
Telefon 07575/2095-0
info@gmeiner-verlag.de

1. Auflage 2013

Lektorat: Sven Lang
Herstellung: Mirjam Hecht
Umschlaggestaltung: U.O.R.G. Lutz Eberle, Stuttgart
unter Verwendung eines Fotos von: © tankist276 - Fotolia.com
Druck: GGP Media GmbH, Pößneck
Printed in Germany
ISBN 978-3-8392-1371-1

PERFEKT BIS IN DEN TOD

Wien. Konferenzzimmer der Werbeagentur Benson & Benson. 15 Uhr.

Die Hände der Kreativdirektorin Sabine Potuzak zitterten nach wie vor, als sie weitersprach: »Sie war eine jener Frauen, denen die Männer zu Füßen lagen. Und nicht nur die … Angie bekam immer, was sie wollte. Auch privat …« Potuzak nahm die schwarz gerahmte Designerbrille ab, um ihre Tränen wegzuwischen, bevor sie sich einmal mehr an diesem Nachmittag laut schnäuzte.

Dunkle Haare, asymmetrischer Schnitt – typische Kreative, stellte Franz Enter, Kriminalinspektor bei der Mordkommission, fest. Sie mochte vielleicht Ende 20, höchstens Anfang 30 sein. »Sie waren also mit der Toten befreundet?«, hakte er nach.

»Von Anfang an. Seit sie bei uns zu arbeiten begonnen hat.« Die Augen der Frau füllten sich erneut mit Tränen.

»Angelika Berger war bei uns Etatdirektorin seit fast zwei Jahren«, ergänzte der Controller Jürgen Schmid. Mittdreißiger, grauer Anzug, unscheinbar bis auf die große Nase und die mit reichlich Gel nach hinten frisierten halblangen Haare.

»Angie verfügte über Stil und Charme. Sie war intelligent und sah dazu blendend aus. Ein perfekter Engel, mit dem jeder von uns gerne ein Stück weit schwebte«, ergriff nun auch der Geschäftsführer, Andreas Raffeis, das Wort. Smarter Typ, Anfang 40, schwarzer Anzug, graues Hemd, teure Schuhe. Sein Blick wanderte vom Kriminalinspektor zur Leiche, die mit Folie zugedeckt auf dem Boden des Konferenzzimmers auf den Abtransport wartete. Raffeis seufzte schwer, während in Enters Kopf Mick Jagger ›Angie‹ anstimmte.

»Angie war klug und talentiert. Keiner konnte die Kunden so rasch von einer Idee überzeugen wie sie. Sie hatte Charisma, war wunderschön und sexy – ohne dabei jemals billig zu wirken. Und sie war mir eine wunderbare, zuverlässige Freundin.« Die Kreativdirektorin kämpfte tapfer gegen weitere Tränen an.

Enter hatte schon viel gehört, aber eine derartige Lobeshymne war ihm in all den Jahren nicht unterkommen. ›Angie, A-engie …‹, dröhnte die Melodie in seinem Schädel. »Hatte Frau Berger denn gar keine Feinde? Ich meine, solch eine Perfektion zieht doch meist auch Neider an«, bemerkte er.

Sabine Potuzak biss sich auf die Unterlippe, um zu verhindern, dass sie neuerlich losheulte.

Der Geschäftsführer versicherte, dass Angie keine Feinde gehabt hatte. »Glauben Sie mir. Unsere Kunden liebten Angie, auch die Lieferanten und unsere Mitarbeiter sowieso … Jeder mochte Angie, einfach jeder«, erklärte er im Brustton der Überzeugung.

Nun ja, fast jeder, fügte Enter gedanklich hinzu. Sonst würde der perfekte Engel jetzt nicht hier liegen. Tot, erschlagen mit einer goldenen Werbepreisstatuette, welche die Agentur erst vor Kurzem für eine Versicherungskampagne gewonnen hatte. Gar kein schöner Anblick mehr. ›Angie, I still love you, baby …‹

»Andreas mochte Angie ganz besonders. Jedenfalls bis zum vergangenen Freitag. Nicht wahr?«, ätzte die Kreativdirektorin.

Raffeis sah sie wütend an. Wenn Blicke töten könnten, wäre Potuzak wohl auf der Stelle neben ihrer ermordeten Freundin gelandet, ging es Enter durch den Kopf.

Dem Controller war die Situation sichtlich unangenehm. Er kaute nervös am Nagel seines Zeigefingers.

»Was wollen Sie damit andeuten, Frau Potuzak?«, hakte Enter nach.

»Dass ich mit Angie ein Verhältnis hatte, können Sie ruhig wissen«, kam Raffeis ihrer Antwort zuvor.

»Bis sie vergangenen Freitag mit ihm Schluss gemacht hat und er sie daraufhin gekündigt hat. Angie war heute nur hier, um ihre Sachen abzuholen«, ergänzte die Potuzak.

»Aha. Jetzt wird's interessant. Reden Sie ruhig weiter«, ermunterte er sie.

Raffeis verschränkte die Arme vor der Brust und suchte den Blick des Controllers, der kaum merkbar mit den Schultern zuckte.

»Angie hat ein Buch geschrieben, in dem sie bis ins kleinste Detail schilderte, was hier wirklich läuft: schwachsinnige Kunden, eitle Kollegen, abgesprochene Deals hinter den Kulissen, einfach alles. Na ja, genau genommen war es erst ein Manuskript. Aber letzten Donnerstag hat sich ein Verlag bei ihr gemeldet, der es veröffentlichen wollte. Das Buch hätte die Webebranche aufgemischt. Und manche wären dabei gar nicht gut weggekommen ...« Sabine Potuzak funkelte ihren Chef böse an.

»Herr Raffeis etwa?«, fragte Enter scheinheilig.

»Was soll das? Ich wusste doch gar nichts von Angies Roman. Sie hat ihn mit keinem Sterbenswörtchen erwähnt«, protestierte Raffeis.

»Wer's glaubt … Angie war sich absolut sicher, dass du ihr Manuskript gefladert hast. Wenn das Buch erschienen wäre, hättest du die Agentur zusperren können.«

Die Männer von der Gerichtsmedizin setzten den Ausführungen der Kreativdirektorin ein jähes Ende. Der Leichnam wurde in den Sarg gehoben und abtransportiert. Sabine Potuzak wurde einmal mehr von ihren Emotionen überwältigt. Sie schluchzte heftiger denn je in ihr Taschentuch.

Enter wandte sich an Raffeis: »Sie behaupten also, nichts von dem Buch gewusst zu haben?«

»Nein! Ich schwöre es. Ich habe keine Ahnung, was Angie da geschrieben hat.«

»Glauben Sie ihm kein Wort. Der Mann lügt, wenn er den Mund aufmacht. Das ist schließlich sein Geschäft.« Potuzak hatte ihre Sprache wiedergefunden.

»Von dem du bisher ganz gut gelebt hast … Aber weißt du was? Hiermit bist du gefeuert!«, schnauzte Raffeis zurück.

»Mir doch egal! Oder glaubst du, ich arbeite für einen Mörder?«

»Nun gehst du aber zu weit, Sabine«, warnte der Controller.

»Ich bin mir sicher, dass Andreas Angie umgebracht hat, damit ihr Buch nicht erscheint«, behauptete Potuzak.

»Unsinn. Jeder hätte das Manuskript aus ihrem Büro klauen können«, erwiderte Raffeis. Nun mischte sich Enter wieder ein: »Auf jeden Fall lügen Sie, Herr Raffeis, wenn

Sie behaupten, dass Sie von dem Buch nichts wussten. Stellt sich nur noch die Frage, ob Sie Frau Berger auch erschlagen haben. Kommen Sie freiwillig mit mir aufs Revier oder muss ich Ihnen Handschellen anlegen?«

Warum ist Kriminalinspektor Franz Enter sich sicher, dass Andreas Raffeis vom Buch der Angelika Berger wusste?

Lösung: 1. Rätsel-Krimi

Sabine Potuzak erwähnt ein Manuskript beziehungsweise Buch. Dass es sich dabei um einen Roman handelt, wie Raffeis es bezeichnet, kann nur wissen, wer das Manuskript kennt oder davon wusste, was er jedoch bestreitet. Aus den Worten der Kreativdirektorin müsste man eher schließen, dass es sich bei dem Werk um ein Sachbuch oder eine Biografie handelt. Außerdem: Woher weiß Raffeis, dass das Manuskript aus Angies Büro geklaut wurde, wenn er angeblich nichts damit zu tun hatte?

ALTER SCHÜTZT VOR MORDEN NICHT

Die alte Dame war tot. Mausetot. An sich nicht weiter verwunderlich, hatte sie doch fast 78 Jahre auf dem etwas krummen Buckel gehabt. Erst kürzlich war ihr ein Herzschrittmacher implantiert worden. Für 28.000 Euro! Dagegen nahmen sich die Kosten für Medikamente, die Ilse Reichenbach seit Jahren täglich gegen diverse Wehwehchen eingenommen hatte, wie der berühmte Lercherlschas aus, stellte Franz Enter, Kriminalinspektor bei der Wiener Mordkommission, anhand der ihm nunmehr vorliegenden Unterlagen fest. Kein Wunder, dass die Krankenkassen bankrott waren. Was für eine Geldverschwendung! Erst recht, wenn man bedachte, dass der sündhaft teure Schrittmacher den Abgang der alten Dame nicht hatte verhindern können. Enter räusperte sich. So etwas Respektloses durfte er nicht einmal denken, rief er sich zur Ordnung. Wo er doch wusste, dass die wohlhabende Unternehmerwitwe keines natürlichen Todes gestorben war. Dem aufmerksamen Hausarzt der privaten Seniorenresidenz waren die blutunterlaufenen Flecken an den Innenseiten der Lippen und die geplatzten Äderchen in den Augen der Verstorbenen gleich aufgefallen. Beides sprach dafür, dass die alte Dame am helllichten Sonntag auf ihrer Chaiselongue erstickt worden war.

Vier Tage nach dem Mord stand also eindeutig fest, dass die Tatwaffe eines ihrer fliederfarbenen Seidenkissen war, wie Enter es von Anfang an insgeheim vermutet hatte. Er seufzte und vertiefte sich weiter in die Akte. Neben dem

Speichel des Opfers war darauf auch die DNA von Ilse Reichenbachs Töchtern, Charlotte und Katharina, gefunden worden, die die Mutter einmal im Monat getrennt voneinander besuchten. Welche der beiden am vergangenen Sonntag gegen 15 Uhr aufgetaucht und um circa 16 Uhr wieder verschwunden war, hatte die Empfangsdame nicht sagen können, da es ihr nicht gelang, die eineiigen Zwillinge auseinanderzuhalten. Sicher war sie hingegen, dass Ilse Reichenbach zuvor noch am Mittagessen teilgenommen hatte. Von der Rezeption aus hatte sie die Speisesaaltür im Blickfeld.

Der Besuch der Tochter fiel genau in den Tatzeitraum, der laut Gerichtsmediziner zwischen 15 und 17 Uhr liegen musste. Um 17.20 Uhr hatte die Pflegerin Elvira, die der Reichenbach bei der Abendtoilette helfen sollte, die Tote entdeckt und – nachdem sie vorschriftsmäßig den Notrufknopf betätigt hatte – Wiederbelebungsmaßnahmen eingeleitet, bis sie schließlich realisiert hatte, dass es zu spät war. Das erklärte auch ihr Haar auf der Bluse der Leiche.

Bei den Zeugenbefragungen am Montag nach dem Mord hatten sowohl die Direktorin als auch die Bewohner nur Gutes über die stets freundliche Pflegerin zu berichten gewusst, erinnerte sich Enter.

Elvira konnte den Mord gar nicht fassen. »Warum tut jemand so etwas? So eine nette alte Dame wie die Reichenbach mit dem Kissen ersticken …« Dann brach sie in Tränen aus. Scheinbar hing sie ebenso an ihren Schützlingen wie diese an ihr.

Auf der Chaiselongue war auch die DNA des pensionierten Kammerschauspielers Robert Kleemann, der gleich nebenan wohnte, gefunden worden. Ein Jugendfreund, dem Ilse Reichenbach in der Seniorenresidenz wiederbegegnet war. Zur großen Freude beider, jedoch sehr zum Ärgernis der Reichsten aller Bewohnerinnen – Industriellenwitwe Hermine Rausch, die seit Einzug der Neuen kaum noch Zeit mit ihrem Robert verbringen konnte. Dabei war sie alleinstehend und hatte niemanden, der sich um sie kümmerte. Außer den Pflegern, die sie für besondere Zuwendungen fürstlich entlohnte. Besonders ihre Lieblingspflegerin Elvira. Was im Nachhinein betrachtet auch weitaus gesünder war als eine Betreuung durch die Familie, wurde die Rausch nicht müde zu betonen. »Die Töchter der Reichenbach waren doch nur auf ihr Geld aus. Wenn Sie mich fragen, haben die die Erbschaft nimmer erwarten können«, vertraute sie Enter an. Dabei pfiffen sogar die ältesten Spatzen von den Dächern, dass Hermine Rausch der unerwünschten Konkurrentin am liebsten eigenhändig die Gurgel umgedreht hätte. Allerdings konnte sie mit einem hieb- und stichfesten Alibi aufwarten: Der Notar Dr. Richard Lainer hatte ihr an jenem Nachmittag ihr Testament zum Unterschreiben vorbeigebracht. Wenn Geld keine Rolle spielte, war selbst dem frömmsten Familienvater der Sonntag nicht mehr heilig. Außerdem beteuerte Hermine Rausch standhaft, dass sie nie und nimmer das Apartment der Reichenbach betreten hätte. Nicht um alles Geld der Welt. Und damit war Enter wieder bei dem Thema, das ihn in diesem Fall nicht losließ – dem schnöden Mammon. Die zehn Monate, die die Reichenbach in der Residenz im Wiener Nobelbezirk verbracht hatte, hatten ein kleines Vermögen verschlungen. Aber damit war es nun vorbei. Zum Glück für die beiden Alleinerbinnen. Sollte die alte Rausch etwa recht behalten? Hatte eine der Töchter die Reichenbach umgebracht? Jede von ihnen schwor, dass jeweils die andere Schwester zuletzt bei der Mutter gewesen war.

Welche log? Und wie sollte er das bei eineiigen Zwillingen beweisen, die dieselbe DNA in sich trugen? Beide hatten kein Alibi, jedoch umso stärkere Tatmotive. Die kinderlose Charlotte Reichenbach war seit über drei Jahren arbeitslos und hatte im Zuge der Börsenkrise den größten Teil ihrer Ersparnisse verloren. Glaubte man ihrem AMS-Berater, war die Aussicht auf einen angemessenen Job für die 45-jährige Akademikerin gering. Katharina Schmid-Reichenbach ging es sogar noch schlechter. Ihre Innenstadt-Boutique stand kurz vor dem Konkurs, und sie wusste nicht, wie sie ihren Sohn in Zukunft durchbringen sollte – mit den lächerlichen Alimenten, die der Kindesvater bezahlte. Motive und Verdächtige gab es in diesem Fall also genug.

Doch halt! Wie hatte er das nur übersehen können?, fragte sich Enter, während er die Ergebnisse der DNA-Spurenanalyse erneut genau betrachtete. Er kannte die Mörderin längst! Ein Anruf bei Dr. Lainer verschaffte ihm letzte Gewissheit über das Tatmotiv.

Wer ist Ilse Reichenbachs Mörder?

Lösung: 2. Rätsel-Krimi

Die Mörderin kann nur Pflegerin Elvira gewesen sein, da sie bereits vor der Auswertung der DNA-Spuren wusste, dass das Opfer mit einem Kissen erstickt worden war. Angestiftet wurde sie von Hermine Rausch, die sie dafür großzügig in ihrem Testament bedacht hat, was sich Enter mit dem Anruf bei Dr. Lainer bestätigen ließ.

KATER MIT LEICHE

Drong – droooong! In seinem Kopf dröhnte es gnadenlos. Dieser ohrenbetäubende Lärm war unerträglich! Wer wagte es in aller Früh? Mit schmerzverzerrter Miene quälte sich Kriminalinspektor Franz Enter mühsam aus dem Bett, das er so gerne noch ein paar weitere Stunden gehütet hätte. Er schwankte, wartete einen Augenblick, bis er sein Gleichgewicht wiedergefunden hatte.

Drong – droooong!, wiederholte sich der akustische Terroranschlag, während er vom Schlafzimmer in den Flur wankte. Wer immer ihn an seinem freien Tag aus dem Bett läutete, sollte einen verdammt guten Grund dafür haben. Warum war ihm bloß so schlecht? Und schwindlig? Ach ja: Er war bis weit nach der Sperrstunde im ›Fluchtachterl‹ geblieben, erinnerte er sich dunkel. Egal. Er war niemandem Rechenschaft schuldig und hätte heute ausnahmsweise einmal ausschlafen können.

Droooong!

Na warte! Enter riss die Wohnungstür auf und blinzelte die Störenfriede aus verquollenen Augen an. »Was is' los?«, schleuderte er den beiden Männern heiser entgegen. »Heute ist mein freier Tag!«

»Guten Morgen, Herr Kollege, dürfen wir reinkommen?«, entgegnete Wolfgang Flint, wie Enter Kriminalinspektor bei der Abteilung Leib und Leben.

»Du gestattest doch, Franz«, meinte Christian Haas, der Jüngere der beiden Kriminalbeamten, und schob

Enter zur Seite, um an ihm vorbei in die Wohnung zu gelangen.

»Was wollt ihr denn in aller Früh von mir? Ist wer Wichtiges ermordet worden?« Das musste wohl der Grund sein, dass sie ihn sogar an seinem freien Tag störten, vermutete Enter und schloss die Tür hinter den Kollegen. Dann folgte er ihnen ins Wohnzimmer und blieb wie angewurzelt stehen.

Haas beugte sich über eine Frau, die regungslos auf der Couch lag, und fühlte ihren Puls. Enters Kater Willi betrachtete die Szene von der Fensterbank aus.

Wie war die Frau bloß auf sein Sofa gelangt?, fragte sich Enter. Wer war sie überhaupt? Offensichtlich war sie tot. Die Gedanken zuckten wie Blitze durch sein Gehirn, bis der Brechreiz überhandnahm. Ein Kater und eine Leiche waren eine üble Mischung. Er lief ins Badezimmer, Flint hinter ihm her.

Während Enter über dem Waschbecken hing, verständigte Haas die Spurensicherung und den Gerichtsmediziner. Flint ließ derweil den schwer bedienten Kollegen nicht aus den Augen. Der säuberte schließlich das Waschbecken und hielt seinen Kopf unter den Wasserhahn. Das kalte Wasser würde seinem Gedächtnis auf die Sprünge helfen, hoffte Enter und stoppte den Guss erst, als der eisige Schmerz auf der Kopfhaut nicht länger zu ertragen war.

»Wir müssen dir ein paar Fragen stellen«, hörte er Haas sagen, der nun im Türrahmen stand.

»Woran ist sie gestorben?«, fragte Enter und sah ihn über den Badezimmerspiegel an.

»Ich tippe auf Genickbruch«, meinte Haas.

Der Wasserstrahl hatte ein paar vage Erinnerungen an die vergangene Nacht in Enters Bewusstsein gespült. Wenn nur der verdammte Kopf nicht so schmerzen würde! Scheißalkohol! Er musste versuchen, die Bruchstücke zusammenzufügen.

»Ich habe die Frau gestern im ›Fluchtachterl‹ kennengelernt. Im Lokal unten am Eck. Anna heißt sie. Nachname weiß ich nicht. Hofbauer, sagst du? Aha. Ihr habt den Führerschein in ihrer Handtasche gefunden, sehr gut.«

»Anna wollte nach der Sperrstunde auf ein Glaserl zu mir raufkommen. Ich hab ihr meinen Türcode zugesteckt. Ich weiß auch nicht, was in mich gefahren ist. Na ja, sie war verdammt sexy, und ich bin auch nur ein Mann.«

»Ob noch jemand im Lokal war? Sicher. Viola, die Kellnerin und René, der Barmann – ein ziemlicher Hallodri. Er hat die Anna auf Teufel komm raus angebraten, obwohl er mit Viola liiert ist. Viola hat ihm eine Szene gemacht und dann wutentbrannt das Lokal verlassen.«

»Zuerst hab ich mich mit Schurli, dem Lokalbesitzer Georg Böck, unterhalten. Wir kennen uns schon ewig. Er kümmert sich um den Kater, wenn ich mal länger weg bin. Irgendwann ist die Anna dazugestoßen. Der Schurli hat sie mir vorgestellt. Aber da war ich schon nicht mehr ganz nüchtern. Sonst hätte ich ja nicht so locker … Na, egal. Ich bin jedenfalls mit der Anna an der Bar geblieben. Und der Schurli ist irgendwann in seinem Büro im Hinterzimmer verschwunden.«

»Wer außerdem da war? Lass mich nachdenken. An einem Tisch saßen junge Leute. Studenten, schätze ich. Zwei Frauen, drei Männer. Sie tranken Bier oder Radler.

Einer von denen hat Anna mal erfolglos nachgestellt, hat sie mir geflüstert. Irgendwann kam er an die Bar und wollte mit ihr reden. Sie hat ihn ziemlich rüde abgewimmelt. Der war vielleicht stinksauer. Am anderen Tisch saß unsere Hausmeisterin Elisabeth Kwapil mit einer Freundin. Die beiden haben Rotwein getschechert und getschickt wie die Blöden. Sie haben ständig zu uns herübergeschaut und getuschelt. Die waren sicher neidig, weil die Anna so anziehend auf Männer wirkte.«

»Wann die anderen gegangen sind, kann ich nicht sagen. Tut mir leid. Ich war mit Anna beschäftigt. Nachdem ich gezahlt hatte, meinte sie, ich solle schon mal raufgehen. Sie müsse noch rasch ein Geschäft erledigen und würde dann nachkommen.

»Warum sie nicht gleich mitgekommen ist? Keine Ahnung. Aber jetzt wo du fragst, kommt es mir auch merkwürdig vor. Auf die Toilette hätte sie auch bei mir gehen können.«

»Ich habe etwa eine Stunde auf sie gewartet. Dann bin ich ins Bett gegangen. Allein. Nein, sie ist nicht gekommen. Jedenfalls nicht, solange ich wach war. Was danach passiert ist? Keine Ahnung. Ich habe geschlafen wie ein Toter, bis ihr mich rausgeklingelt habt.«

»Ihr habt den Türcode bei ihr gefunden? 1113? Zeig her! Ja, das ist meine Schrift. Aber der Code ist falsch. Ich muss tatsächlich sturzbetrunken gewesen sein. Lacht mich bitte nicht aus, aber ich kann mir keine Zahlen merken. Deshalb ist der Code mein Geburtstag. Und das ist der 13.11. Wie seid ihr denn überhaupt auf mich gekommen? Ein anonymer Anruf – hätte ich mir denken können. Das war ganz sicher Annas Mörder. Und ich weiß jetzt auch, wer es war.«

Wer hat Anna Hofbauer auf dem Gewissen?

Lösung: 3. Rätsel-Krimi

Der Lokalbesitzer Georg alias Schurli Böck hat Anna auf dem Gewissen. Er war der Einzige außer Enter, der den richtigen Türcode kannte, da er sich in Abwesenheit des Freundes immer wieder um dessen Kater kümmerte.

Zur Erklärung: Nachdem Enter das Lokal verlassen hatte, kam es zum Streit zwischen Schurli und Anna wegen des erwähnten Geschäfts – und damit war nicht gemeint, dass sie ihre Notdurft verrichten musste, wie Enter ihre Bemerkung missinterpretiert hatte. Anna stürzte bei dem Streit so unglücklich, dass sie sich das Genick brach. Schurli deponierte die Leiche dann auf Enters Couch und rief die Polizei an.

DIE STEIRISCHE LEICHE

Als Franz Enter an diesem Samstag im August das Festzelt auf der idyllischen Waldlichtung betrat, fühlte er sich rundum zufrieden, wenn nicht sogar glücklich. Der erste Tag, den der Kriminalinspektor aus Wien, wie die meisten seiner Urlaubstage, am Haslingerhof verbrachte, hatte bisher alle Erwartungen erfüllt.

Nach einem herzhaften Frühstück war er bei Sonnenschein und angenehmen 16 Grad mit der Gondelbahn auf den Kreischberg gefahren, um von der Bergstation gemächlich hinunter zur Mittelstation zu wandern, wo ihn die flaumigsten Bauernkrapfen weit und breit inklusive atemberaubendem Panoramablick erwarteten.

Auf dem nicht allzu steilen Forstweg, der sich in Serpentinen bis zur Hütte hinabwand, konnte Enter den unzähligen Eierschwammerln nicht widerstehen, die ihm vom feuchten, moosigen Waldboden entgegenleuchteten. Zwar gab es in dem bescheidenen Gästezimmer, das er am Vorabend zum geschätzten 15. Mal bezogen hatte, keine Kochgelegenheit, doch Mizzi, die Bäuerin und Wirtin des Haslingerhofs, würde die gut zwei Kilo, die ihr Stammgast gebrockt hatte, sicher zu einem köstlichen Eierschwammerlgulasch verarbeiten, an dem auch er sich delektieren konnte. Zudem ersparte er sich so das mühsame Putzen der gelben Pracht.

Zwei Bauernkrapfen später setzte Enter seinen noch anderthalbstündigen Weg ins Tal fort. Im Gasthof ›Zur

Sonne‹ genehmigte er sich eine Frittatensuppe und ein gekochtes Rindfleisch mit Wurzelgemüse, bevor er nach Hause aufbrach, um Mizzi die herrlich duftenden Pilze zu überreichen.

Sein ausgiebiges Nachmittagsschläfchen wurde durch die leisen Volksmusikklänge beendet, die von draußen an sein Ohr drangen. Zum Waldfest, das alljährlich auf der Tratten in unmittelbarer Nähe stattfand, marschierte er zu Fuß. Enter mochte dieses zweitägige Volksfest und die Musik der Kreischberg Buam, die er mit der schönsten Zeit im Jahr verband – seinem Urlaub in der Steiermark. Gut gelaunt mischte er sich unter die heiteren, vorwiegend einheimischen Festgäste, die sich an lokalem Gebräu, spritzigen Weinmischungen, regionalen Schmankerln und der zünftigen Blasmusik erfreuten. Die Begeisterung war dermaßen groß, dass sich nach beinahe jeder Nummer ein edler Spender fand, der die 13 Musikanten auf eine weitere Runde einlud. Was die musikalische Qualität zwar hörbar verschlechterte, die gute Stimmung jedoch weiter anheizte. Denn auch die Gäste wurden immer feuchtfröhlicher. Bis plötzlich einer Trompete ein besonders schräger Ton entkam und der dazugehörige Bläser vom Stuhl kippte. Die Musik stoppte, das Lachen der Menschen verebbte.

Alles starrte zur Bühne, wo sich zwei Musiker über den krampfenden Körper des Trompeters beugten.

»Ist ein Arzt da?«, rief der Tubaspieler ins Mikrofon, während der Klarinettist sein Handy zückte.

Enter erklomm die Bühne. Der Mann brauchte keinen Arzt mehr. Aus seinem Mund quoll Schaum, die Pupillen waren geweitet und Puls war keiner zu fühlen. Allem Anschein nach war er vergiftet worden.

»Rufen Sie 133«, wies Enter den Klarinettisten an und hielt seinen Dienstausweis in Richtung Publikum. Dann nahm er dem Tubaspieler das Mikrofon aus der Hand und sprach zur Menge: »Kriminalpolizei! Keiner trinkt oder isst weiter! Lassen Sie bitte die Getränke und Speisen stehen! Und rühren Sie sich nicht von der Stelle, bis meine Kollegen eintreffen.«

Sein Verdacht, dass der tote Trompeter nicht der Einzige sein könnte, dem jemand den Garaus machen wollte, sollte sich zum Glück nicht bestätigen.

In keinem anderen Glas fanden sich Giftspuren, erfuhr er einige Tage später von einem der ermittelnden steirischen Kollegen. Aus reiner Neugierde wohnte Enter den Zeugeneinvernahmen bei und war heilfroh, dass er seinen Urlaub jederzeit fortsetzen konnte. Die Forellen in der Mur warteten bereits darauf, von ihm an Land gezogen und verspeist zu werden.

»I hab nur bstöllt und zoit. Neun Bier, drei Mischungen, an' Radler und 13 Vogelbeeren«, gab der Vizebürgermeister, der die letzte Runde für die Musikanten spendiert hatte, zu Protokoll und wedelte mit der Mehrwertsteuerrechnung, die für seine Buchhaltung vorgesehen war. Dass er nun dem Verstorbenen, der das Amt des Bürgermeisters bekleidet hatte, folgen würde, verlieh ihm zumindest ein Motiv. Die Gelegenheit, sein Opfer gezielt zu treffen, hatte ihm allerdings gefehlt.

»I hab die Getränke von der Schank ghoit und aufitragn«, meinte Kellnerin Anni unter Tränen. »Dass ausgerechnet der Max den vergifteten Radler dawischen muass, wo den doch der Sepp bstöllt hat und er a Bier …«

War der Tote tatsächlich Opfer einer Verwechslung geworden?, fragte sich Enter, während Anni heftig schluchzte. Wie ihm einer der Musikanten berichtete, waren die beiden seit Kurzem ein Paar gewesen. Das lenkte den Verdacht auf Sepp, den anderen Trompeter, den Anni wegen Max verlassen hatte.

»Mir san scho ordentlich aneinanderklescht wegn der Anni«, gab Sepp zu. »Oba deswegn bring i do ned mein Kollegn um. Wia denn a?«

Nun ja, nachdem der Befragte bei den Auftritten stets unmittelbar neben dem Verblichenen gesessen war, hätte er das Gift leicht in dessen Radler kippen können. Oder besser in den eigenen, zumal er es war, der diesen bestellt hatte. Das ergab keinen Sinn. Außerdem hätte er riskiert, vom einen oder anderen im Publikum beobachtet zu werden. Von denen wollte jedoch niemand was gesehen haben.

Florian, der alle Getränke der Musiker eingeschenkt hatte, war – wie schon der Vizebürgermeister – nicht in der Lage gewesen, Einfluss auf deren Zuteilung zu nehmen. Außerdem war er Hobbytrompeter und ein treuer Fan der Kreischberg Buam. Eines Tages würde er gut genug sein, um selbst mitspielen zu können, war er zuversichtlich. Ein Platz für einen Trompeter war ja nun frei.

Schon wieder ein Motiv! Enter beschloss, sich lieber den Forellen als diesem verzwickten Fall zu widmen, als es ihm plötzlich wie Schuppen von den Augen fiel, wer das Getränk vergiftet hatte.

Wen verdächtigt Enter, der Giftmischer zu sein?

Lösung: 4. Rätsel-Krimi

Anni hat den Radler vergiftet, der für ihren Exfreund Sepp bestimmt war. Wie sonst hätte sie wissen sollen, dass der Radler vergiftet war, von dem Max irrtümlich getrunken hatte, und nicht das Bier, das er bestellt hatte?

VORHANG AUF FÜR EINE LEICHE

Als Kriminalinspektor Franz Enter aus dem Dienstwagen stieg, staunte er über das Chaos vor dem Theater. So etwas hatte er in all den Jahren bei der Mordkommission noch nicht erlebt. Hunderte Menschen – teils Premierenpublikum, teils Schaulustige – belagerten die Gehsteige der Josefstädter Straße. Ganz zu schweigen von den zahlreichen Journalisten, Fotografen und Kamerateams, die sich rücksichtslos durch die Menge drängten, um das beste Bild vom Sarg zu ergattern, sobald dieser das altehrwürdige Gebäude verlassen würde.

Warum hatten die uniformierten Kollegen nicht längst die Gehsteige gesperrt? Zum Bühneneingang in der Piaristengasse musste sich Enter erst mühsam mithilfe seines Dienstausweises durchkämpfen. Dort wies er die Polizisten, die den Seiteneingang bewachten, in ruppigem Tonfall an, die Gehsteige umgehend räumen zu lassen.

Dass Sissi Steinbach tot war, hatte sich in Windeseile herumgesprochen. Die Sensationsnachricht war zuerst im Internet, dann übers Radio verbreitet worden. Demnächst würde auch die ZIB 2 melden, dass die 26-jährige Josefstadt-Schauspielerin bei der heutigen Theaterpremiere auf der Bühne verstorben war. Etwa fünf Minuten nach der Pause war Sissi Steinbach röchelnd zusammengebrochen. Nachdem sie an einem Glas Theaterwein genippt hatte, wie es ihre Rolle verlangte. Da lag sie nun, die junge erfolgsverwöhnte Steinbach. Auf den Brettern, die für sie die Welt bedeutet hatten. Wenngleich sie auch in einigen Fernsehfilmen nicht minder erfolgreich mitgewirkt hatte.

Enter wollte zuerst den Theaterdirektor und Regisseur, dann die Schauspieler und schließlich den Requisiteur befragen. Der Direktor hatte ihm dafür eigens eine der Künstlergarderoben zur Verfügung gestellt.

Doch zuvor unterhielt sich der Kriminalinspektor mit der Notärztin. Der Schaum um den Mund der Toten, die hellroten Flecken und die geweiteten Pupillen deuteten ebenso darauf hin, dass die Steinbach mit Zyankali vergiftet worden war, wie der typische Bittermandelgeruch, den die Medizinerin im Gegensatz zu Enter wahrnahm. Wie die meisten Menschen vermochte er diesen – genetisch bedingt – nicht zu riechen.

Das Glas, aus dem die Steinbach getrunken hatte, lag zerbrochen neben ihrer Leiche. Vom Inhalt war nicht mehr viel übrig, außer ein paar eingetrocknete Schuhabdrücke ihrer Kollegen auf dem Bühnenboden. Katharina Kamp und Gregor Reiter waren in die Flüssigkeit getreten und hatten diese verteilt, als sie der Sterbenden helfen wollten. Was keine Rolle spielte, zumal die Karaffe und zwei weitere Gläser mit dem Gifttrunk, den Gregor Reiter coram publico für sich und die beiden Schauspielerinnen eingeschenkt hatte, längst sichergestellt waren.

Der Direktor machte einen betroffenen Eindruck. »Sissi war für mich wie eine Tochter. Ich habe sie vor fünf Jahren an dieses Haus geholt. Ich war es, der ihr Talent von Anfang an erkannt und sie gefördert hat. In aller Bescheidenheit darf ich behaupten, dass Sissi mir ihre Karriere zu verdanken hat. Und dann macht sie so was.«

Enter hatte das Gefühl, dass die Verbitterung des Mannes nicht ausschließlich mit dem Mord zu tun hatte. »Dann macht sie was?«, hakte er nach.

»Sissi hat ihren Vertrag nicht verlängert. Nach der Saison wollte sie die Bühne verlassen und sich nur noch aufs Filmen konzentrieren. Aber das hat sich ja nun endgültig erledigt.« Die Augen des Direktors füllten sich mit Tränen.

Enter beschloss, ihn am nächsten Tag eindringlicher zu befragen, und bat die Schauspieler herein. Katharina Kamp erzählte weinend, dass sie Sissi schon seit dem Konservatorium kannte. Früher seien sie beste Freundinnen gewesen.

»Und später nicht mehr?«, fragte Enter.

Die Kamp schnäuzte sich. »Na ja. Wir hatten ein paar Differenzen«, gestand sie.

»Sie hat Sissi gehasst. Sie war eifersüchtig auf sie, weil sie stets die größeren Rollen und die besseren Angebote bekommen hat«, mischte sich Reiter ein.

»Ach, halt die Klappe, Gregor! Ich wette, dass du die Sissi vergiftet hast!«

»Ich hab die Karaffe nicht gefüllt. Das war die Requisite«, protestierte Reiter.

»Das Zyankali hättest du aber sehr wohl hineingeben können. Du warst allein auf der Bühne, bevor der Vorhang aufging.«

»Weil es der Regisseur von mir verlangt hat«, rechtfertigte sich Reiter, »aber …«

Die Kamp kreischte hysterisch dazwischen: »Oh mein Gott! Ich wäre als Nächste dran gewesen! Ich hatte mein Glas schon in der Hand, als Sissi zusammenbrach!« Sie schlug die Hände vor die Augen und schluchzte hemmungslos.

Enter fand ihre Darbietung reichlich übertrieben. Auch wenn sie möglicherweise inhaltlich recht hatte. Eine besonders gute Schauspielerin war sie jedenfalls nicht. Aber was wusste er schon vom Theater? Das letzte Mal hatte ihn seine Exfrau zwangsbeglückt. Vor 13 Jahren, wenn er sich richtig entsann. »Waren Sie mit Sissi Steinbach befreundet?«, wandte er sich an Reiter.

»Wir waren sogar sehr gute Freunde …«

Diesmal unterbrach ihn das exaltierte Lachen der Kamp. »Sissi hat ihn wegen eines anderen verlassen. Das ist ein klares Mordmotiv. Oder etwa nicht?«, nahm sie den Kampf wieder auf.

»Ich bitte dich, Kathi. Das ist ein halbes Jahr her. Warum sollte ich sie deshalb heute umbringen?«

»Für dich heiße ich immer noch Katharina und nicht Kathi, du Ignorant.«

»Frau Kamp, ich denke, wir sollten die Eitelkeiten beiseite lassen. Ihre Kollegin wurde gerade ermordet. Die Suche nach dem Mordmotiv ist außerdem unsere Angelegenheit«, wies Enter sie in die Schranken.

Die Kamp starrte ihn hasserfüllt an, während Reiter grinste. Für heute hatte Enter genug von den beiden. Er bestellte sie ebenfalls für den folgenden Tag ins Kommissariat. Jetzt wollte er sich noch einen Eindruck vom Requisiteur verschaffen. Doch halt! Das war vielleicht gar nicht mehr nötig. Wenn sich sein Verdacht bestätigte, kannte er Sissi Steinbachs Mörder bereits. Ein kleiner Test würde ihm den Beweis liefern. Oder auch nicht …

Wen verdächtigt Enter, Sissi Steinbach vergiftet zu haben? Und warum? Welchen Test will er durchführen?

Lösung: 5. Rätsel-Krimi

Enter verdächtigt Katharina Kamp, ihre Kollegin ermordet zu haben, da sie von Zyankali spricht, was in ihrer Gegenwart gar nicht erwähnt wurde. Ein Geruchstest soll nun klären, ob sie den typischen Bittermandelgeruch wahrnehmen kann und sie deshalb darauf hätte schließen können. Falls nicht, ist anzunehmen, dass sie als Mörderin von dem Gift wusste.

MÖRDERISCHE NACHBARN

Als Kriminalinspektor Franz Enter in den Garten trat, vergaß er einen Moment lang, weshalb er hierher – an den westlichen Stadtrand von Wien – gekommen war. Die bunten Blätter der Sträucher, die orangefarbenen Lampionblumen und der tiefrot gefärbte Feuerahorn leuchteten in der Vormittagssonne, die ihren Kampf gegen den Nebel vorerst gewonnen hatte. Enter war wie berauscht von der Schönheit der Jahreszeit und der himmlischen Ruhe, die hier am Bierhäuselberg herrschte. Die frische Herbstluft drang bis in die feinste Verästelung seiner schadstoffgeplagten Städterbronchien.

Früher hatte er immer davon geträumt, selbst einmal ein solch idyllisches Plätzchen im Grünen zu besitzen. Aber die finanziellen Mitteln hatten nie dafür gereicht. Schon gar nicht nach der Scheidung. Leider war er nicht nur in der Liebe, sondern auch beim Glücksspiel ein totaler Versager, und so schweifte sein Blick beinahe wehmütig über das liebevoll gepflegte Paradies des passionierten Heimwerkers und Hobbygärtners Adolf Straßner.

Linker Hand lag der Garten der Bankerfamilie Schaumbacher, zur Rechten jener des Künstlerehepaars Rossi, die Enter wie alle Nachbarn in der näheren Umgebung bereits einvernommen hatte. Die hinteren Grundstücksgrenzen endeten direkt an der Mauer des Hütteldorfer Friedhofs, wo sich ohnehin die angenehmsten, weil ruhigsten Nachbarn von allen befanden, hatte Frau Rossi erklärt. Außer zu Allerheiligen, wenn die Hinterbliebenen den Friedhof stürmten, um wenigstens einmal im Jahr der Verstorbenen zu gedenken. Auch Straßner würde demnächst seinen finalen Weg dorthin antreten, hatte er doch eben noch – keine 20 Meter vom Inspektor entfernt – bäuchlings im Biotop getrieben.

Jetzt lag der Pensionist ziemlich blutleer auf dem Rasen, gleich hinter dem üppigen Büschel Pampasgras. An seinem Hals klaffte eine hässliche Wunde, die ihm offenbar mit der eigenen Kettensäge zugefügt worden war. Die mutmaßliche Tatwaffe hatten die Kollegen von der Spurensicherung soeben aus dem blutrot gefärbten Wasser gefischt.

Straßner hatte bereits um 8 Uhr morgens auf seiner Terrasse damit begonnen, Brennholz für den Kamin zu schneiden. Damit habe er wieder einmal die gesamte Nachbarschaft von der unteren Bierhäuselberggasse über den Erdenweg bis hinauf zur Kometengasse beinahe in den Wahnsinn getrieben, hatte Enter vorhin von Hans Rossi erfahren. Wenigstens am Sonntag konnte man Rücksicht auf die Nachbarn nehmen!

Der Kunstmaler war nicht der Einzige, der Straßner schon einige Male wegen Ruhestörung angezeigt hatte. Vor allem, weil Clara, Rossis Krimi schreibende Frau, immer öfter drohte, den akustischen Terroristen von nebenan nicht nur auf dem Papier umzubringen. Diese Gefahr bestand ja nun nicht mehr, meinte der Künstler beinahe vergnügt. Dass er nicht besonders traurig über den Abgang des ungeliebten Nachbarn war, nahm ihm Enter, der selbst jeglichen Lärm verabscheute, nicht weiter übel, derlei gute Laune zu zeigen, hielt er jedoch für äußerst unangebracht und vor allem für sehr verdächtig. Wie die roten Spritzer auf Rossis Kleidung, von denen er behauptete, dass es sich um Ölfarbe, nicht um Blut, handelte. Aber das würden die Kriminaltechniker rasch herausfinden.

Diesmal war es also der sonst so friedfertige Roman Schaumbacher gewesen, der laut eigener Aussage den Streit mit Straßner vom Gartenzaun gebrochen und diesem mit der Polizei gedroht hatte. Herr Lohmann vom übernächsten Grundstück hatte den Disput der beiden von seinem Schlafzimmerfenster aus beobachtet und später zu Protokoll gegeben, Schaumbacher noch nie so fuchsteufelswild erlebt zu haben, wie an diesem Morgen. Herta Schaumbacher habe ihren Mann mit aller Kraft daran hindern müssen, über den Gartenzaun zu klettern und handgreiflich zu werden. Den Mord hatte Lohmann jedoch nicht gesehen.

Selbstverständlich habe Roman den Nachbarn nicht umgebracht, ihr Mann könne keiner Fliege etwas zuleide tun, schwor Frau Schaumbacher, was Enter ihr angesichts des aufgebrachten Zustands des Gatten nicht ganz abnahm. Der rücksichtslose Störenfried habe auch nach ihrem Rückzug unbeeindruckt weitergelärmt, erzählte die Schaumbacher. Sie selbst sei wenig später allein in den Garten zurückgekehrt, um die Essensreste, die Straßner wie üblich für die Krähen mitten auf den Erdenweg gekippt hatte, hinter dem Rücken des Feindes über den Zaun in dessen Garten zu werfen. Sollten sich die Krähen und Ratten den stinkenden Abfall doch von seinem Grundstück holen! Außerdem bombardiere Straßner sie regelmäßig mit Nacktschnecken, die meist in ihrem Swimmingpool landeten und dort elendiglich ersoffen, beschwerte sie sich bei Enter, als würde der verhasste Nachbar noch leben. Dieser unverschämte Kerl habe sich im vergangenen Sommer sogar eine Nacktschneckenschleuder gebastelt, mit der sie ihn prompt in flagranti erwischte. Dabei grause ihr so vor diesen schleimigen Viechern. Natürlich sei dies alles kein Grund, jemanden umzubringen, beteuerte sie. Sie sei ja dann auch gleich ins Haus zurückgegangen, und just, als Roman die Polizei anrufen wollte, kehrte endlich die heiß ersehnte Sonntagsruhe ein. Bis eine halbe Stunde später der spitze Schrei der Frau Straßner über den Berg hallte und Rossi, Schaumbachers, Lohmanns und einige weiter entfernte Nachbarn aus den Häusern trieb.

Nur Clara Rossi gab an, nichts davon gehört zu haben, da sie zu diesem Zeitpunkt unter der Dusche gestanden und die Netrebko in voller Lautstärke aus den Boxen geplärrt habe, um das enervierende Motorengeräusch der Tatwaffe zu übertönen. Das beste Rezept sei es, Lärm mit Lärm zu bekämpfen, meinte die Krimiautorin lächelnd.

Vielleicht hatte sie damit ja recht, überlegte Enter und beschloss, diese Taktik bei nächster Gelegenheit selbst auszuprobieren. Ein weiteres Mal füllte er seine Lunge mit frischer Luft, als ihm plötzlich klar wurde, wer Straßner ermordet hatte.

Wen verdächtigt Kriminalinspektor Franz Enter des Mordes?

Lösung: 6. Rätsel-Krimi

Clara Rossi wusste bereits bei ihrer Einvernahme, dass die Kettensäge die Tatwaffe war, obwohl diese erst später aus dem Biotop gefischt wurde. Der Inspektor nimmt daher an, dass sie die Täterin ist.

DER WÜRSTLPATE

»Jetzt hurch ma amoi zua, Plecha! Wannst mi fragst, wer'n du und deine feinen Hawarer Weihnachten im Landl verbringen. Nix is mit Schampus und Kaviar! Schluss is mit lustig!« Franz Enter reichte es allmählich, was unschwer am unaufhaltsamen Verfall seiner Ausdrucksweise zu erkennen war. Nicht umsonst war der Kriminalinspektor, der seinen Hauptverdächtigen nun seit über einer Stunde im Kommissariat einvernahm, als einziger Sohn der ledigen Hausbesorgerin Hermine Enter in einem Margaretner Gemeindebau aufgewachsen.

Enter ging davon aus, dass sein Gegenüber, Richard ›Ritschie‹ Plecha vulgo Würstelpate, bedeutend mehr Dreck am Stecken hatte als den braven Standlern, die sich gerade in der Adventzeit den Allerwertesten abfroren, einen beträchtlichen Anteil ihres hart verdienten Lohnes abzuknöpfen. Dafür beschützte Ritschie sie und ihre Standln vor niemandem Geringeren als sich selbst und seinen Strizzis.

1996 hatte er das Standlimperium seines Vaters übernommen und gleich zu Beginn klargestellt, was von nun an für ein Wind wehte, indem er einige Konkurrenzstände warm abgetragen hatte. Was ihm allerdings niemals nachgewiesen werden konnte. Seither lieferten die Standler brav ihren Obolus ab, munkelte man hinter vorgehaltener Hand. Wer nicht freiwillig an Plecha junior blechte, bezahlte mit dem Verlust seiner Existenz und – wie Enter vermutete – neuerdings sogar mit dem Leben.

Die mafiösen Zustände rund um das einträgliche Geschäft mit Würsteln, Maroni, Punsch und Co. hatten ihren Höhepunkt erreicht, als tags zuvor zwei Standler und eine Standlerin in aller Herrgottsfrüh tot im Wienerwald in der Nähe der Jubiläumswarte aufgefunden worden waren. Ihre Leichen lagen wie aufgefädelt auf einer Lagerwiese. Alle drei waren an einer fetten Eitrigen erstickt, in besseren Kreisen auch als Käsekrainer bekannt. Dipflata, also süßer Senf, quoll aus ihren Mündern. Das hintere – oder war es das vordere? – Ende der Wurst ragte jeweils aus der Kehle in den Rachen. Der Anblick brachte Enter auf den absurden Gedanken, dass hier nur noch der Bugl und das 16er-Blech, also Brotenden und Bierdosen der Brauerei aus dem 16. Wiener Gemeindebezirk, fehlten.

Für die Medien war der spektakuläre Dreifachmord ein gefundenes Fressen, wenngleich die Pressemeldung der Kriminalpolizei weitaus spärlicher als sonst ausfiel. Offiziell wurde lediglich verlautbart, dass im Wienerwald kurz vor 6 Uhr morgens die Leichen der drei Würstelstandbetreiber Sabine F., Günther S. und Kasimir K. von einem Jogger aufgefunden worden waren. Vermutliche Todesursache: Ersticken durch gewaltsames Einführen von Fremdkörpern in Form von Würsten durch Dritte, was der Gesichtsmediziner erst bestätigen müsse.

Die bunteste Tageszeitung des Landes vermutete einen Ritualmord, freilich ohne Details zu kennen. Der Rest der Journaille hielt sich an die kargen Fakten, wobei diese je nach Medium mehr oder weniger reißerisch ausgeschlachtet wurden.

»Ich frage Sie noch einmal, Herr Plecha«, bemühte

sich Enter seine sprachliche Contenance wiederzufinden, »haben Sie etwas mit den Morden zu tun? Wir wissen inzwischen, dass die Würstel von Ihrem Lieferanten stammen.«

»Herr Inspektor, i sag's Ihna zum letzten Moi: I war's ned!«, erklärte Plecha und fügte hinzu: »I bin do ned deppert! I bring do niemanden mit aner Eitrigen aus mein eigenen Gschäft um. Des macht mi do als Allerersten verdächtig.«

»Und ich halte dieses Argument für ganz mieses Kalkül«, erwiderte Enter.

Plecha überlegte kurz und zeigte dann sein unverschämtestes Grinsen. »Wann S' glaubn … Aber Sie habn no immer kane Beweise, dass i die Kollegn aufm Gwissen hab. Dafür hab i a Alibi. Gö, Schatzi?«, erwiderte Ritschie und tätschelte die viel zu blonde Frau, die wortkarg neben ihm saß, am Oberschenkel.

Valerie Moser nickte bestätigend. »Der Ritschie is die ganze Nacht nebn mir glegn. Nur amoi war a kurz auf'm Klo.«

Es war völlig unerheblich, ob die Dame mit dem einladend ausladenden Dekolleté wirklich einen derart leichten Schlaf hatte, ihre Aussage war jedenfalls eine glatte Lüge, war sich Enter sicher. »Und wie lange war er genau weg?«, hakte er dennoch nach.

»Zwa, höchstens drei Minutn. In der Zeit hätt er si ned amoi anziehn, geschweige denn drei Leut okrageln können.«

»Vielleicht haben Sie es ja nicht allein oder auch gar nicht selbst getan, sondern Ihre Handlanger Ferdinand

Bauer und Anton Fischnaller mit den Morden beauftragt«, wandte sich Enter wieder dem Verdächtigen zu.

»Des wüssat i oba. Außerdem san der Ferdl und der Toni ned meine Handlanger, des san meine Assistenten.« Plecha lehnte sich im Stuhl zurück und verschränkte die Arme vor der Brust. Seine Freundin spielte mit ihren falschen Fingernägeln, die kunstvolle Ornamente in Violett und Silber zierten.

»Wir werden uns Ihre Assistenten gleich vornehmen. Mal sehen, ob die Herren dichthalten. Ich bin mir nämlich ziemlich sicher, dass Sie mit Ihnen unter einer Decke stecken«, sagte Enter nur scheinbar freundlich.

»Des miassn S' aber a erst amoi beweisn, Herr Inspektor«, antwortete Plecha und grinste siegessicher. »War's des?«, wollte er wissen.

Enter beschloss, das Katz-und-Maus-Spiel an dieser Stelle zu beenden. »Ja, Herr Plecha, das war's. Ich nehme Sie hiermit vorläufig fest. Sie sind dringend des dreifachen Mordes verdächtig. Ich nehme an, Sie wollen Ihren Anwalt anrufen?«

Valerie Moser entwich ein Entsetzensschrei, während Richard Plecha den Kriminalbeamten verständnislos ansah, als hätte dieser eben Kisuaheli gesprochen.

»Kumm, Plecha«, wurde Enter deutlich, »gemma, gemma! Sag deiner Besten adieu! I waß do, dass du die Standler am Gwissn hast. Ob du des söba warst – mit oder ohne deine Strizzis –, wer ma scho no außefindn.«

Enter ließ zwei Beatmen herbeiholen, die den laut fluchenden Würstlpaten a. D. in Handschellen abführten. »Fröhliche Weihnachten!«, rief der Inspektor ihm noch hinterher.

Warum ist sich Kriminalinspektor Franz Enter so sicher, dass der Würstlpate Ritschie Plecha die Standler auf dem Gewissen hat?

Lösung: 7. Rätsel-Krimi

Enter erwähnt während der Vernehmung zwar, dass die Würstl, mit denen die Standler erstickt wurden, von Plechas Lieferanten stammen. Dass es sich dabei um Eitrige, also Käsekrainer handelte, kann Plecha jedoch nur wissen, weil er die Standler ermordet hat.

TODESTANZ

Wie fast jeden Tag warf er einen Euro in den Schlitz des Münzkastens, damit sich für ihn das Fenster zum schnellen Glück öffnete. Die Peepshow war inzwischen zu einer Sucht geworden. Aber gab es nicht viel schädlichere Angewohnheiten, als in der Mittagspause Frauen beim Strippen zuzusehen und dabei ein wenig Hand an sich selbst anzulegen?

Bei der Blonden reichten oft zwei Euro, bis er kam und wieder ging. Bei den anderen brauchte er meistens drei. Danach gönnte er sich stets das Menü mit Suppe im Beisl ums Eck, was auch nicht viel mehr kostete.

Die heutige Nummer war ihm neu: Seine Lieblingsdame kreiste vor seinen Augen – ausgestreckt auf dem Präsentierteller, der sich unaufhörlich vor den verspiegelten Scheiben drehte. Doch diesmal fehlte ihr jegliche Körperspannung. Erst jetzt bemerkte er das breite weiße Satinband um ihren Hals und den panischen Ausdruck in ihren Augen. War sie etwa …? »Jössas, die is ja tot!«, schrie er. Hektisch zurrte er seinen Gürtel fest und stürmte aus der Kabine. »Die Blonde is tot!«, rief er dem Pächter der Peepshow zu, der ihm aus dem angrenzenden Sexshop entgegeneilte. Dann wählte der Stammkunde 133.

Als Kriminalinspektor Franz Enter den Tatort betrat, hatte der Arzt bereits den Strangulationstod und den ungefähren Todeszeitpunkt festgestellt, und die Spurensicherung ging ihrer Arbeit nach. Wenn Enter jemals eine schöne Leiche gesehen hatte, dann war es diese hier. Ein blutjunger Engel in viel zu hohen Plateauschuhen und transparenter Reizwäsche, den Gott in einer Sternstunde geschaffen und nun wieder zu sich geholt hatte. Ewig schade. Enter seufzte.

Neben der Toten war ein abgebrochener rot lackierter Fingernagel sichergestellt worden, der vermutlich nicht ihr gehört hatte. Zumindest waren ihre Nägel alle gleich lang und in leuchtendem Pink lackiert. Er konnte aber auch schon vor längerer Zeit abgebrochen sein und sehr wohl vom Opfer stammen, was die Kriminaltechniker früher oder später herausfinden würden, überlegte Enter auf dem Weg ins Büro des Pächters.

Joe Kollaritsch zog an seiner Zigarette und erhob sich, um dem Inspektor die Hand zu schütteln. Der Stammkunde, der die Tote entdeckt hatte, blieb wie ein Häufchen Elend auf der Besuchercouch sitzen und blickte fortwährend auf seine Armbanduhr. Kollaritsch bestätigte, dass der Herr im Tatzeitraum der einzige Gast der Peepshow gewesen war. Nachdem er im Sexshop ein paar Münzen gewechselt habe, sei er direkt in die Kabine gegangen und nach kaum einer Minute schreiend wieder herausgekommen.

Er konnte Ludmilla unmöglich in so kurzer Zeit erdrosselt haben. Enter ließ den Mann gehen und wandte sich wieder an Kollaritsch. Der konnte mit einem Alibi aufwarten. Er habe den ganzen Vormittag an der Kassa des Sexshops gestanden, weil die Verkäuferin einen Amtsweg hatte.

»Das Mordopfer hieß also Ludmilla. Und weiter?«

»Hosenova.«

»Wie bitte?«

»Ludmilla Hosenova.«

»Wollen Sie mich auf den Arm nehmen?«

»Wo denkn S' denn hin, Herr Inspektor? Die Ludmilla war unsere beste Tänzerin. Die meisten Männer habn nach ihr gfragt.«

»Und die anderen Damen?«

»Haben auch ihre Verehrer.« Kollaritsch grinste Enter jovial an.

»Waren denn heute Vormittag weitere Tänzerinnen hier?«

»Die Rikki und die Mai-Ling. Die müssn no auf ihre Zimmer sein. Soll ich sie holn?«

Enter nickte, und Kollaritsch griff zum Handy.

Wenig später erschienen die Damen in ähnlich hohen Schuhen, wie Ludmilla sie getragen hatte. Rikkis üppige Rundungen waren unter dem weiß glänzenden Morgenmantel, dessen Revers weiße Federn zierten, nicht zu übersehen. Dazu betonte die Vierzigerin ihre enorme Oberweite, indem sie fortwährend die Arme darunter verschränkte und diese so anhob.

Als Enter sie nach ihren Fingernägeln fragte, zeigte sie ihm zuerst die linke, dann die rechte Hand, deren eher kurze Nägel silbern glänzten. Mit der jeweils anderen hielt sie ihren dünnen Mantel zu, als ob sie Angst hätte, der Kriminalinspektor könnte einen Blick zu viel erhaschen, was für eine Dame dieses Gewerbes reichlich merkwürdig war. Oder fror die Ärmste etwa?

Die um einiges zartere und jüngere Chinesin im roten kimonoartigen Satinmantel trug, farblich passend, roten Nagellack, doch keiner ihrer Nägel war abgebrochen.

»Können Sie mir bitte Ihren Nagellack für die Spurensicherung überlassen?«, fragte Enter.

Mai-Ling sah ihn ängstlich an.

»Dein Lack!«, sagte Kollaritsch viel zu laut, hob demonstrativ seine Hand und deutete auf seine Fingernägel. »Polizei will roten Na-gel-lack!«

»Ah«, Mai-Ling lächelte, »nix meins. Lud-e-milla …«

»Der Lack gehörte der Toten?«, fragte Enter nach.

Die Chinesin nickte eifrig.

»Sie hat ihn sich von Ludmilla ausgeborgt, weil sie ihren nicht finden konnte«, bestätigte Rikki.

»Zurück zu Ihnen«, wandte sich Enter wieder an Kollaritsch.

»Ich trag keinen Nagellack.« Der Strizzi lachte über den eigenen Scherz, und auch Rikki konnte sich ein rauchig klingendes Lachen nicht verkneifen. Selbst Mai-Ling schloss sich ihnen zaghaft kichernd an.

Enter blickte in die Runde. »Vorsicht: Wer so viel Humor in einer solchen Situation besitzt, macht sich schnell verdächtig«, warnte er.

»Aber Herr Inspektor, warum sollt' ich denn mein bestes Pferderl im Stall hamdrahn? Nix für ungut, Rikki.« Mit der flachen Hand verpasste Kollaritsch der älteren Stripperin einen Klaps aufs Hinterteil und kassierte dafür einen giftigen Blick von ihr. »Das Peepshow-Geschäft is a nimmer des, was amoi war. I war früher a Filialbetrieb, jetzt is des da mei anzige Hüttn. Und die rennt mehr schlecht als recht«, klagte Kollaritsch dem Inspektor sein Leid.

»Scheißinternet«, fügte Rikki hinzu.

»Ihr Geschäft wird demnächst noch schlechter gehen.

Denn einen von Ihnen muss ich bitten, mich aufs Kommissariat zu begleiten«, erwiderte Enter, dem längst schwante, wer Ludmilla Hosenova auf dem Gewissen hatte.

Wen verdächtigt Franz Enter des Mordes an der Stripperin? Und warum?

Lösung: 8. Rätsel-Krimi

Enter verdächtigt Rikki. Zumindest ist er sich sicher, dass der fehlende Gürtel von deren weißen Satinmantel die Tatwaffe ist.

TOD IN ACRYL

Die Schritte des Kriminalinspektors hallten über den menschenleeren Hof, als er sich frühmorgens dem lavagrauen Block näherte, in dem das Museum für Moderne Kunst – kurz MUMOK – untergebracht war. Zwischen zwei Skulpturen hielt Franz Enter inne. Stand er tatsächlich vor einem überdimensionalen Darmausgang? Seine Vermutung bestätigte sich, als er den Schriftzug ›Arsch-Bar‹ an der Seite entdeckte.

Bereits der begehbare Frauentorso im roten Bikini, der Passanten und Besucher des Museumsquartiers am Vorplatz begrüßte, hatte Enter ein Kopfschütteln entlockt. Kein Wunder, dass die öffentliche Diskussion über die Freiheit der Kunst, die mit dem Swingerclub in der altehrwürdigen Sezession neu entfacht worden war, gar nicht mehr abreißen wollte. Da ihm diese im wahrsten Sinne des Wortes am Arsch vorbeiging, wandte er sich von selbigem wieder ab.

Das riesige violette Spermium ließ Enter links liegen und strebte zur Treppe, die zum MUMOK führte. Oben angekommen hob er das Polizeiabsperrband an und schlüpfte ziemlich steif darunter hindurch. Die Uniformierten vor der Drehtür begrüßte er mit einem knappen »Morgen«, ehe er sich von einem der Beamten zum Tatort führen ließ. Wären die Kriminaltechniker nicht gerade mit dem Toten beschäftigt gewesen, hätte er diesen beim schnellen Hinsehen für eine weitere Skulptur gehalten. Selbst das Messer in der Brust der Leiche und der Blutfleck auf dem weißen Hemd passten in das Gesamtbild der Werkausstellung.

»Morgen, Franz«, sagte der Gerichtsmediziner, »hast du so was schon mal gesehen?«

»Nein«, brummte Enter. »Schon irgendeine Ahnung, was passiert ist?«

»Wie es aussieht, wurde das Opfer erstochen und mit Polymethylmethacrylat überzogen«, mischte sich ein Kriminaltechniker ein.

Der Inspektor sah ihn fragend an.

»Acrylglas«, lautete die knappe Erläuterung.

Enter betrachtete den präparierten Leichnam, der neben einer lebensgroßen weiblichen Skulptur auf der Bank saß und ihn anglotzte.

»Ist das nicht dieser Kunstkritiker? Wie heißt er gleich?«, hörte er den Gerichtsmediziner fragen.

Woher sollte Enter das wissen?

Zwei Stunden später hatte der Kriminalinspektor Gewissheit, dass es sich bei dem Toten um den Kunstkritiker Doktor Emil Hettenköfer handelte. In seiner letzten Kritik hatte er die aktuelle Ausstellung im MUMOK verrissen. Ironischerweise zierte er diese nun selbst als Skulptur.

Die Reinigungsfrau, die die Leiche in der Früh entdeckt hatte, war bereits vor Ort befragt worden. Dass sie mit dem Mord etwas zu tun hatte, nahm Enter nicht an. Er hatte sie jedoch unter Androhung strafrechtlicher Konsequenzen ersucht, mit niemandem über den Vorfall zu sprechen, was sie bisher nicht getan hatte, wie sie ihm beim Leben ihrer Kinder geschworen hatte. Alle anderen, die Enter einvernehmen wollte, hatte er noch vor der Pressekonferenz ins Kommissariat gebeten. Als Ersten befragte er den Direktor Cyril Aschauer. »Wie kommt es, dass die Alarmanlage nicht aktiviert war und die Überwachungskameras nicht aufzeichneten?«

»Das kann ich Ihnen beim besten Willen nicht beantworten«, entgegnete Aschauer ratlos. »Ich selbst habe sie gestern kurz nach 21 Uhr eingeschaltet. Außer mir kennt den aktuellen Code nur der Securitydienst und die Kuratorin Frau Zach, für die ich die Hand ins Feuer lege.«

»Sie müssen ziemlich sauer auf Hettenköfer gewesen sein, nach der schlechten Kritik über die Ausstellung«, merkte Enter an.

»Glücklich war ich nicht darüber«, gestand Aschauer, »aber deswegen bringt man doch niemanden um. Schon gar nicht so.«

»Trauen Sie dem Künstler denn einen Mord zu?«

»Jan van Houten? Niemals, nein!«

Nach dem Direktor bat Enter besagten Künstler herein. Er befragte ihn nach seinem Alibi und zu seiner Technik, mit der er seine Skulpturen anfertigte – die ihn zum Hauptverdächtigen machte. Enter begriff bald, dass sogar er den Toten in die gewünschte Position bringen und mit Acrylglas hätte überziehen können.

»Warum interessieren Sie sich dafür? Gefallen Ihnen meine Skulpturen?«

»Sie wirken so ... echt«, antwortete Enter wahrheitsgemäß.

Der Holländer war sichtlich geschmeichelt. »Sie haben meine Kunst verstanden. Bravo, Herr Inspektor«, meinte er beinahe akzentfrei.

»Im Gegensatz zu Hettenköfer. Der hat Ihre Werke als oberflächliche, heillos überschätzte Kommerzware bezeichnet. Und er hat Ihnen vorgeworfen, ein Scharlatan zu sein, der noch nie eine Kunstakademie von innen gesehen hat«, zitierte Enter aus der Kritik, die er im Internet gefunden hatte.

»Dieser Vollidiot! Was wusste der schon?«, brauste van Houten auf. »Seine Zeit war doch längst abgelaufen.«

»Und deshalb musste er das Zeitliche segnen?«

Van Houten zuckte mit den Schultern.

»Haben Sie ihn umgebracht, Herr van Houten?«, wurde Enter deutlich.

»Ich? Ich kann keiner Fliege was zuleide tun!«

Enter verabschiedete den Künstler. Als Nächste stand Anita Zach auf seiner Liste.

»Wissen Sie, Herr Inspektor, für mich gilt immer noch: Besser schlechte Presse als gar keine. Und von Hettenköfer haben wir uns sowieso nichts Gutes erwartet«, beantwortete sie Enters Frage.

»Wieso das denn?«

»Er mochte uns nicht. Um nicht zu sagen, er hasste Herrn Aschauer und mich », meinte sie unerwartet offenherzig.

»Und warum?«

Anita Zach druckste herum. »Muss ich das beantworten?«

»Besser wär's.«

»Ich hab den Herrn Kritiker vor einem der bedeutendsten Kunstsammler bloßgestellt, nachdem er mich bei einer Vernissage mit seinem Wissen ausstechen wollte. Ist ihm nicht gelungen.« Die Zach grinste diabolisch.

»Und warum hasste er Aschauer?«

»Cyril hatte mal ein Verhältnis mit Hettenköfers Tochter und hat sie eiskalt abserviert.«

»Interessant. Sind Sie denn mit der Technik des Künstlers Jan van Houten vertraut?«, fuhr Enter fort.

»Aber sicher. Warum?«

»Reine Routinefrage. Ich danke Ihnen, Frau Zach. Sie können gehen.« Die Kuratorin verabschiedete sich mit einem Lächeln, das aufgesetzt wirkte.

Enter lehnte sich zurück. Er war hocherfreut, dass er den Täter noch vor der Pressekonferenz dingfest machen konnte.

Wer hat den Kunstkritiker ermordet?

Lösung: 9. Rätsel-Krimi

Der Täter ist der Direktor. Er war der Einzige, der offenbar wusste, auf welche Weise der Kunstkritiker ermordet worden ist.

SCHÖNER STERBEN

Franz Enter sah weiß. Nichts als Weiß. Weiß, so weit das Auge reichte. So ähnlich stellte sich der Kriminalinspektor der Mordkommission den Himmel vor. Nicht den, der sich seit Tagen bewölkt zeigte, sondern jenen, in den man angeblich nach dem Tod gelangte, sofern man zuvor ein einigermaßen anständiges Leben geführt hatte.

Cremeweißer Marmor und schneeweißes Mobiliar empfingen Enter in der noblen Pötzleinsdorfer Privatklinik, die vor allem im Bereich der plastischen Chirurgie einen ausgezeichneten Ruf genoss. Blütenweiße Gestalten wandelten an ihm vorbei – zum einen Vertreter des Klinikpersonals in gestärkten Kitteln, zum andern Patienten in frischen Nachthemden, Morgenmänteln und Verbänden. Noch nie war Enter aufgefallen, wie viele Weißschattierungen es gab. Das Einzige, was das harmonische Gesamtbild störte, war er selbst. In seinem braun-beigen Outfit zog er alle Blicke magisch auf sich, und bei Gott, er hasste es, aufzufallen. Wenn das hier der Himmel war, wollte er doch lieber in der Hölle schmoren.

Enter beeilte sich, der Auskunft der Empfangsdame Folge zu leisten und auf schnellstem Weg in die Pathologie zu gelangen, in der Hoffnung, sich im Keller wohler zu fühlen. An Leichen war er zumindest gewöhnt. An weiße Kacheln und kalten Stahl, wie sie in derartigen Abteilungen üblich waren, auch. Nach der Schließung des Gerichtsmedizinischen Institutes hatte er einigen Leichenobduktionen in städtischen Spitälern beiwohnen müssen. Bis aus praktischen und hygienischen Gründen provisorische Container am Zentralfriedhof eingerichtet worden waren, in denen jahrelang alle Obduktionen stattgefunden hatten. Erst vor wenigen Monaten war die sanierte Gerichtsmedizin in der Sensengasse wieder eröffnet worden. Dort würde demnächst auch die Leiche der Jana Schneider landen, die zurzeit in einer Kühlzelle im Keller der Privatklinik auf den Abtransport wartete. Wien war eben anders, erst recht wenn es um den Tod ging.

Jana Schneider war unter Narkose verstorben – während einer Brust-OP, die ausgerechnet ihr Mann, der bekannte Schönheitschirurg Dr. Marius Schneider, hatte durchführen wollen. Angeblich sei er der Beste im Land, hatte die anonyme Anruferin der Polizei erklärt und behauptet, dass bei Frau Schneiders Tod auf dem OP-Tisch nachgeholfen worden sei. Alles deute auf einen anaphylaktischen Schock hin, ausgelöst durch eine bereits bekannte Allergie gegen ein bestimmtes Narkotikum, welches der Patientin dennoch injiziert worden sei. Und nun solle der angebliche Irrtum vertuscht werden. Warum sie sich dessen so sicher war, verriet die offenkundig medizinisch geschulte Dame zwar nicht, doch ihr Anruf war aus der Privatklinik erfolgt. So vermutete Enter, dass sie zum Personal gehörte, wenn nicht sogar zum OP-Team, das die Ärztegattin – absichtlich oder fahrlässig – ins Jenseits befördert hatte.

Dr. Marius Schneider empfing den Inspektor in der Pathologie, um ihm die Leiche seiner Frau zu präsentieren. Die Tote erinnerte Enter an die Barbiepuppe, mit der seine Nichte Lucy so gern spielte. Die Ähnlichkeit war wohl den zahlreichen Operationen zu verdanken, die Dr. Schneider an seiner Frau im Laufe der Jahre vorgenommen hatte.

»Sie wussten demnach seit geraumer Zeit von ihrer Allergie gegen das Narkosemittel?«, fragte Enter direkt.

»Ja …« Der Chirurg wirkte erstaunt. »Aber woher wissen Sie …? Warum fragen Sie?«

»Es ist ein Hinweis bei uns eingegangen – aus Ihrer Klinik«, erklärte Enter knapp.

Dr. Schneider sah ihn immer noch verblüfft an. Dann warf einen prüfenden Blick auf das Antlitz seiner verstorbenen Frau, bevor er sie abdeckte und zurück in die Kühlzelle schob.

Obgleich der Gerichtsmediziner erst bestätigen musste, dass Jana Schneider das für sie tödliche Mittel im Blut hatte, hielt Enter es für angemessen, dem anonymen Hinweis nachzugehen. »Könnte das Arzneimittel denn irrtümlich vertauscht worden sein?«, fragte er.

»Sehr unwahrscheinlich«, meinte der Arzt.

»Dann wurde es ihr vielleicht absichtlich verabreicht?«

»Um Gottes willen! Wer sollte denn meine Frau umbringen wollen?«

»Das werden wir gegebenenfalls herausfinden«, meinte Enter und bat den Chefchirurgen, das OP-Team herbeizurufen. Seinem Pieperanruf folgten der Anästhesist Dr. Bach, die OP-Schwester Marianne und schließlich die Assistenzärztin Dr. Radek. »Bei der Polizei ist ein Hinweis aus unserer Klinik eingegangen, dass Jana das falsche Narkotikum verabreicht wurde«, konfrontierte er sein Team mit dem Verdacht.

»Aber ich bin mir absolut sicher, Ihrer Frau das richtige Mittel injiziert zu haben«, schwor Dr. Bach und sah die OP-Schwester an.

Die zuckte ratlos mit den Schultern. »Ich kann nicht glauben, dass uns eine solche Verwechslung passiert sein soll. Noch dazu bei Ihrer Gattin, wie schrecklich«, meinte sie bestürzt.

»Aber es ist doch noch gar nichts bewiesen«, schwächte Dr. Schneider den Vorwurf ab.

»Man muss ja nicht alles gleich glauben, was so eine anonyme Anruferin erzählt«, meldete sich nun die Assistenzärztin zu Wort.

»Ich schlage vor, das Obduktionsergebnis abzuwarten, bevor Sie uns weiterlöchern. Wir haben unsere Zeit ja nicht gestohlen«, zeigte sich Dr. Schneider auf einmal wenig kooperativ.

Götter in Weiß, dachte Enter angewidert. »Wollen Sie denn gar nicht wissen, wer am Tod Ihrer Frau schuld ist? Oder wissen Sie es schon?«, fragte er scharf.

Dr. Schneider schluckte und sah auf die Uhr. »Meine nächsten Brüste warten. Sie entschuldigen mich?«

Der Anästhesist schien es ebenfalls eilig zu haben. "Ich mache die Patientin für die OP fertig, wenn der Herr Inspektor nichts dagegen hat.«

»Warten S' auf mich, Dr. Bach. Ich komm' gleich mit«, sagte Schwester Marianne.

»Ich kann dann wohl auch wieder an meine Arbeit gehen«, meinte die Assistenzärztin.

»Nein, Frau Doktor Radek. Sie kommen mit mir aufs Kommissariat und erzählen mir genauer, was sie vorhin angedeutet haben. Wir wollen diesen bedauerlichen Kunstfehler möglichst rasch aufklären. Oder war es etwa doch Mord?«

Was macht Franz Enter so sicher, dass Dr. Radek die anonyme Anruferin ist?

Lösung: 10. Rätsel-Krimi

Inspektor Enter hat weder erwähnt, dass der Hinweis aus der Klinik telefonisch erfolgt ist, noch dass es eine Frau war, die den anonymen Anruf getätigt hat. Dr. Radek wusste das, weil sie angerufen hat, damit der Vorfall untersucht wird. Ihre Identität wollte sie aber keinesfalls preisgeben, um in der Ärzteschaft nicht als Verräterin zu gelten.

DER DUFT DES TODES

Olfaktorisch war Leopold Birnstingl einiges gewöhnt. Immerhin arbeitete er seit über 20 Jahren bei der Städtischen Müllabfuhr und trug in fröhlich-oranger Uniform zur Saubererhaltung von Wien bei. Vor fünf Jahren war er vom Rest- zum Biomüll gewechselt und graste nunmehr bei Wind und Wetter seine Rayons in Penzing ab. Pünktlich wie die Uhr sorgten er und Kollege Rudi für die Entleerung der Coloniakübel, die den wöchentlich anfallenden biologischen Abfall der umliegenden Schrebergärten beinhalteten. Geruchsmäßig gab dieser sogar mehr her als der Restmüll, den Leo früher bis zur Müllverbrennungsanlage am Flötzersteig begleitet hatte. Und oft waren die Bio-Container dermaßen überfüllt, dass die Deckel nicht mehr ganz schlossen. Besonders an heißen Tagen strömte einem dann so manch strenger Duft entgegen, der jedoch weder von Leo oder Rudi noch von deren Fahrer Andi mehr wahrgenommen wurde. Die menschliche Nase gewöhnte sich an vieles. Aber eben nicht an alles. Was ihnen nämlich an diesem frühen Julimorgen aus einer der Biogemeinschaftstonnen am Sammelplatz des Kleingartenvereins Satzberg entgegenschlug, stank sogar für die abgehärteten Geruchsrezeptoren der Müllmännernasen zum Himmel.

»Hearst, Rudi, riachst des a?«, fragte Leo, nur wenige Schritte von den Tonnen entfernt.

»Pfui Teifl! Des fäut aber orndlich«, bestätigte Rudi und griff sich ans sonst so phlegmatische Riechorgan.

»Mir habn amoi an verwestn Hund in an Kübl gfundn. Der hat ned aso gstunkn wia des do«, erzählte Leo.

»Soi ma eineschaun?«, schlug Rudi vor.

Entschlossen trat Leo auf den Bügel, der den Deckel hob, und entnahm mit angehaltener Luft ein Bündel Äste, das er beiseitelegte. Auch Rudi griff sich so viel von dem Gestrüpp, wie er fassen konnte, sprang jedoch augenblicklich ein paar Schritte zurück.

»Was is'n? Host leicht a Gspenst gsehn?«, fragte Leo und lachte über den kreidebleichen Kollegen.

»Naa, vü schlimmer. A Leich«, erwiderte dieser.

»Moch kane bledn Schmäh.« Leo beugte sich über die Tonne und sah einen rotblonden Haarschopf, der ihm entgegenleuchtete. »Jessas, Andi! Ruaf die Kiwarei an!«

Als Kriminalinspektor Franz Enter eintraf, hatten die Kollegen den Leichenfundort bereits abgesichert. Hinter den Polizeiabsperrbändern standen einige schaulustige Schrebergärtner und gafften herüber, während die drei Männer von der Müllabfuhr am Wagen der MA 48 lehnten und rauchten. Enter befragte sie zuerst, damit sie ihre Route fortsetzen konnten.

Nachdem er einen prüfenden Blick in die Biotonne geworfen hatte, ließ er die Frauenleiche herausheben.

»Jessas, des is jo die Frau Pia!«, rief eine rauchige Frauenstimme.

Enter sah kurz zu den Zaungästen hinüber, bevor er das Wort an den Mediziner richtete, der nun neben der Leiche kniete. »Wie lange ist sie schon tot?«

»Mindestens 36 Stunden. Die Leichenstarre hat bereits nachgelassen«, meinte der Arzt.

»Todesursache?«

»Wahrscheinlich Schädelfraktur. Die Tatwaffe könnte ein stärkerer Ast gewesen sein.«

Enter betrachtete zuerst die Wunde am Hinterkopf, dann das Gestrüpp, das die Müllmänner der Tonne entnommen hatten. Als Tatwaffe kam dieses genauso wenig infrage wie die übrigen Pflanzen- und Küchenabfälle, auf denen der Leichnam der kleinen, zarten Frau gelegen hatte.

»Packen Sie die Leiche ein«, meinte Enter knapp und ging hinüber zu den Schrebergärtnern. Die naheliegende Vermutung, dass die Tote eine von ihnen gewesen war, bestätigte sich rasch.

»Wann S' mi fragn, hat die ihr neicher Hawara auf'm Gwissen. Der hat s' do andauernd droschn«, wusste ein älterer Herr in Feinripp zu berichten.

»Geh, Pauli. Du hast doch auch die ganze Zeit mit der Pia gstritten. Wegen der deppaten Pflanzn, die zu ihr umegwachsn is und gegen die sie allergisch war«, meinte eine dralle Dame in Leoparden-Leggings.

»Mei Blauregn is ned deppat! Des war da Scheenste weit und breit«, widersprach Herr Paul vehement.

»Sie reden von einer Wisteria, auch Glyzinie genannt?«, mischte sich Enter ein. Für Pflanzen hegte er eine gewisse Leidenschaft. Besonders, wenn sie derart prachtvoll blühten wie besagte Schmetterlingsblütler.

Herr Paul nickte. »Sie kennan si' aus, Herr Inspektor«, meinte er beinahe freundlich.

»Du hast aber auch ein Motiv gehabt, Gabi. Der Gschamstara von der Pia war immerhin vorher dein Gspusi«, wandte sich die rauchige Stimme von vorhin nun an die Leopardin. Die fuhr stante pede ihre pink lackierten Krallen aus.

»Heast, Gitti! Des woar do nix Ernstes. Den Pücher kannst ma am Bauch bindn.«

»Dafür hast eam aber ganz schön lang hinterherplärrt«, fand Gitti.

»Hat dieser Pücher auch einen Namen?«, fragte Enter.

»Schmidl. Koarl Schmidl«, antwortete Gabi zerknirscht.

»Karl Schmidl also. Und wo finde ich den Herrn?«

»Wahrscheinlich bei der Pia«, meinte Gitti, »Gruppe E, Parzelle 272.«

»Wenn er da is, schlaft er sicher no. Sauft ja meistens bis spät in die Nacht, oder er vö…, na, egal«, meinte Gabi.

Ganz egal schien ihr dieser Herr Schmidl jedenfalls nicht zu sein, bemerkte Enter. Und sie wirkte kräftig genug, um ein zartes Persönchen wie die Tote in einer Biotonne zu entsorgen. Enter notierte sich die Personalien der anwesenden Kleingärtner, obgleich er nicht annahm, dass er ihnen einen weiteren Besuch abstatten würde. »Könnten Sie mich bitte zum Haus der Verstorbenen führen?«, wandte er sich an den unmittelbaren Nachbarn des Opfers.

»Sicher. Komman S' mit, Herr Inspektor.« Herr Paul führte ihn zu einer der schmalen Gassen, die entlang der Kleingärten treppab bis ins Rosental führte.

»Dürfte ich mich vorher noch ein wenig in Ihrem Garten umsehen?«, fragte Enter plötzlich.

Herr Paul blieb abrupt stehen und drehte sich um. »Wieso denn bei mir?«, wollte er wissen.

»Weil ich Sie für den Mörder Ihrer Nachbarin halte. Und ich glaube auch zu wissen, warum Sie sie erschlagen haben«, sagte Enter dem erstaunten Schrebergärtner auf den Kopf zu.

Wieso verdächtigt Franz Enter Herrn Paul, seine Nachbarin erschlagen zu haben? Was war sein mutmaßliches Motiv?

Lösung: 11. Rätsel-Krimi

Herr Paul sprach von seinem Blauregen in der Vergangenheit, was Enter vermuten lässt, dass die allergische Nachbarin die Kletterpflanze nach all den Streitereien entsorgt und Herr Paul sie deshalb erschlagen hat. Die Reste aus der Biotonne erhärteten Enters Verdacht.

SPIEL, SATZ UND TOD

Der feine Kies unter seinen Schuhen kündigte laut knirschend an, dass sich Franz Enter dem Clubgebäude des noblen TC Flamingo näherte. Obwohl der weiße Sport längst an Farbe gewonnen und Exklusivität verloren hatte, berappte man hier noch immer vierstellige Mitgliedsbeiträge und benötigte zumindest zwei Empfehlungsschreiben honoriger Mitglieder, um überhaupt in deren erlauchten Kreis aufgenommen zu werden. Dann erst durfte man den möglichst leichten, schockgedämpften und auf alle Fälle atmungsaktiven Tennisschuh aus der aktuellen Designer-Sportkollektion auf den roten Sand setzen, um mit oder auch gegen seinesgleichen das Racket zu schwingen. Die wohlklingenden Namen auf der internen Rangliste bestätigten Enter, dass die Mitglieder allesamt auch außerhalb des Clublebens über Rang und Namen verfügten. Fast war er ein wenig beeindruckt, dass sich der Generaldirektor einer Privatbank auf Platz 1 fand, dicht gefolgt von einem bekannten Herzchirurgen und einem angesehenen Verleger.

Das Damenboard war namentlich nicht minder prominent besetzt, wobei es sich bei den Topspielerinnen fast ausschließlich um Gattinnen und Töchter handelte, die naturgemäß wesentlich mehr Zeit im TC Flamingo zubrachten als jene Herren, die ihnen Zutritt zu all den Annehmlichkeiten des Clubs verschafften. Dazu zählte ein riesiges Schwimmbiotop mit angrenzendem Flamingo-

Teich, eine exklusive Wellnessanlage, ein Fitnessstudio und ein Haubenrestaurant mit Panoramaterrasse, wo den Gästen jeder noch so exklusive Wunsch von den Augen abgelesen wurde.

Auch der Tennistrainer Thomas Dabsch hatte sich mit Leib und Seele der Serviceorientierung verschrieben, wobei er ganz klischeekonform besonders gern die Wünsche der Damen erfüllte – auch jenseits von Aufschlag und Volley.

Mit der Diskretion habe es Tom allerdings nicht so genau genommen, wusste sein Kollege Lajos dem Kriminalinspektor zu berichten. Ob Dabsch deshalb hinter dieser Tür vergiftet in der Herrengarderobe lag?, fragte sich der völlig unsportliche Enter, der höchstens zweimal im Monat die Figuren auf dem Schachbrett bewegte. Er hatte die Leiche vorhin begutachtet und anhand der Hautfärbung sofort auf eine Vergiftung getippt, was er durch den Bericht des Notarztes, der vor ihm am Tatort gewesen war, bestätigt fand. Die verdächtige Trinkflasche war inzwischen sichergestellt.

»War Ihr Kollege schon tot, als Sie ihn da drinnen gefunden haben?«, wandte Enter sich wieder Lajos zu, der – unverändert ziemlich blass um die Nase – auf die Garderobentür starrte.

»Ich konnte zwar keinen Puls mehr fühlen, aber ich hab trotzdem den Notarzt verständigt. Man weiß ja nie.«

»War außer Ihnen, dem Arzt und der Polizei jemand in der Garderobe?«

»Nein. Ich hab vor dieser Tür auf den Arzt gewartet. Seither konnte keiner rein- oder rausgehen – außer Ihnen und Ihren Kollegen. Und gesprochen hab ich auch mit niemandem. Aus Diskretionsgründen …« Lajos seufzte. »Der arme Tom … Er war doch noch so jung und so fit. Wie konnte das nur passieren?«, jammerte er.

Enter empfahl sich und schlug den Weg zur Terrasse ein, um dort die drei Zeuginnen zu befragen, die zuletzt mit Dabsch an ihrem Aufschlag gearbeitet hatten.

»Ich bin geschieden und kann ganz offen mit Ihnen reden. Im Gegensatz zu den meisten anderen Damen hier im Club«, meinte die gut erhaltene Vierzigerin namens Anja Krämer, die Enter als Erste befragte.

Er konnte sich nicht erinnern, dass ihn jemals so viele Libellen wie an diesem sommerlichen Spätvormittag umschwirrt hätten. Und damit meinte er nicht die jungen Kellnerinnen oder die weiblichen Clubmitglieder, sondern die zauberhaften Insekten, die in metallischen Blau- und Grüntönen schillerten. »Es hat Sie also nicht gestört, dass Herr Dabsch auch mit anderen Frauen intim war?«

»Aber warum denn? Ich bin ein großes Mädchen«, schnurrte die Krämer und sah dem Inspektor viel zu tief in die Augen. Der wandte seinen Blick rasch der Libelle zu, die soeben auf dem Teakholztisch landete.

»Mistviecher«, meinte Krämer und schlug mit der flachen Hand auf den Tisch, um das Insekt zu vertreiben. Frauen wie ihr traute Enter alles zu. Auch dass sie herkömmliche Trinkflaschen gegen vergiftete austauschten. Jedoch behielt er das vorerst für sich. Als Nächstes befragte er Sylvia Kickinger.

»Um Gottes willen! Wenn mein Mann von der Affäre Wind bekommt, lässt er sich von mir scheiden«, meinte die

Verlegerfrau. Es sei ihr beim Vormittagstraining nur aufgefallen, dass Anja kein Wort mit Tom sprach, was ungewöhnlich war. »Dafür hat sie ihm Blicke zugeworfen, die ihn glatt töten hätten können«, erzählte sie weiter. Vielleicht hatte die Krämer das nachher anders erledigt.

»Intensivtraining hat er unsere Schäferstündchen immer genannt«, berichtete die letzte Dame, Nina Peters, unter Tränen. Die ledige Tochter des Herzchirurgen habe erst vor Kurzem bemerkt, dass sie nicht die Einzige war, die Dabsch auch abseits des Courts für gewisse Stunden gebucht hatte. Aber vergiftet habe sie ihn deshalb nicht. Schließlich habe sie Tom geliebt. Die mit Abstand jüngste der Trainingspartnerinnen schnäuzte sich damenhaft und ließ das Taschentuch unter ihrem Röckchen verschwinden. Dann nahm sie einen Schluck vom Himalaya-Quellwasser. »Unter uns«, verriet die aktuelle Nummer vier der Vereinsrangliste, »ich habe heute vor dem Training mitbekommen, wie Sylvia und Tom gestritten haben, als ich an der Herrengarderobe vorbeigegangen bin. Sie hat ihm sogar lautstark gedroht, ihn umzubringen.«

»Vielen Dank, Frau Peters. Sie haben mir sehr geholfen.«

Einer der drei Damen würde das Lächeln demnächst vergehen, wenn sie die luxuriöse Freizeitoase im Wiener Cottage-Viertel gegen die Strafvollzugsanstalt im niederösterreichischen Schwarzau eintauschen musste. Enter ließ den Blick noch einmal zu den Flamingos schweifen, ehe er die Giftmischerin vorläufig festnahm.

Welche der Damen hat den Trainer vergiftet? Und wie kommt Enter darauf?

Lösung: 12. Rätsel-Krimi

Es kann nur Nina Peters gewesen sein. Sie war die Einzige, die wusste, dass Thomas Dabsch vergiftet wurde, was ihr gegenüber nie erwähnt wurde. Zudem hat sie als Arzttochter am ehesten Zugang zu tödlichen Substanzen.

AUSTRIA'S NEXT TOPTAXLER

Dass Taxifahrer gefährlich lebten, war hinlänglich bekannt. Dazu musste man nur Zeitungen lesen oder fernsehen. Und nicht wie Kriminalinspektor Franz Enter bereits zum dritten Mal in diesem Jahr mitten in der Nacht zur Leiche eines Taxlers gerufen werden. Im Mercedes des Opfers war es wahrscheinlich genauso kalt wie draußen, vermutete Enter, und überhaupt hasste er diese Jahreszeit. Missmutig stellte er den Kragen seines Mantels auf, um sich vor dem schneidenden Wind zu schützen, der schon seit gestern durch die Stadt fegte. Jetzt erst bemerkte er, dass die Scheiben der Limousine innen beschlagen waren. Besonders lang konnte der Fahrer noch nicht tot sein, schloss er aus seiner Beobachtung, was ihm die Gerichtsmedizinerin wenig später bestätigte.

»Der ist eindeutig erdrosselt worden. Sehen Sie …«, meinte die Ärztin, die auf dem Beifahrersitz kniete, um die Leiche hinterm Steuer zu untersuchen. Zwei Männer der Tatortgruppe waren inzwischen mit der Spurensicherung auf der Rückbank beschäftigt. Enter stand direkt neben dem Wagen am Taxistandplatz – vor dem geöffneten Seitenfenster der Fahrerseite – und leuchtete mit der Taschenlampe Gesicht und Hals der Leiche an. Tatsächlich! Unterhalb des Kehlkopfs verlief eine tiefrote Linie.

»Sieht ganz nach einer Garrotteverletzung aus«, vermutete die Gerichtsmedizinerin, was Enter keineswegs überraschte. Die zuletzt getöteten Taxler waren ebenfalls von hinten erdrosselt in ihren Fahrzeugen aufgefunden worden. Der Täter hatte in beiden Fällen eine Drahtschlinge benutzt, wie sie die sizilianische Cosa Nostra heute noch verwendet. Und auch diesmal sprach alles für diese Tatwaffe. Spätestens morgen früh würden die Medien vom nächsten Opfer der mutmaßlichen Taxlermafia berichten, obwohl deren Existenz reine Spekulation war.

Sicher war hingegen, dass die Geldbörsen der Opfer, als sie gefunden wurden, allesamt prall gefüllt gewesen waren. Raubmord war demnach auszuschließen. Zudem waren alle Fahrer für dieselbe Taxiunternehmerin unterwegs gewesen. Alle waren unter 30 und auffallend attraktiv, die meisten Studenten. Der Fuhrpark der reschen, feschen Lea Vyslozil bestand aus einem Dutzend funkelnagelneuer Mercedes-Limousinen, mit denen jeder Taxler in Wien liebend gern gefahren wäre. Auch weil sich die Chefin sehr großzügig zeigte, solange die Fahrgäste – die meisten von ihnen langjährige Stammkunden – zufrieden waren. Lea Vyslozil prüfte jeden ihrer Fahrer auf Herz und Nieren, lernte sie höchstpersönlich an und ließ nur die besten ans Steuer ihrer Luxusflotte. Dass die Liste der Bewerber lang war, hatte Enter bereits nach dem ersten Mordopfer in Erfahrung gebracht.

Als er am nächsten Morgen übernächtig bei Frau Vyslozil auftauchte, um ihr von dem letzten Mordfall zu berichten, zeigte sich diese aufs Neue zutiefst erschüttert und konnte sich auch diesmal nicht erklären, wer ihren Fahrer auf dem Gewissen hatte. »Sein letzter Fahrgast war ein Stammkunde, Hofrat Köpf. Den hat er jeden Mittwoch um

2 Uhr vom Pokern abgeholt und in den achten Bezirk nach Hause chauffiert. So auch heute Nacht.«

»Dann fuhr er wohl anschließend gleich zum Taxistandplatz, wo er auf seinen Mörder traf«, kombinierte Enter. Die Zeugin am Tatort hatte ausgesagt, dass dort nur ein Wagen gewartet hatte, als sie kurz vor 3 Uhr in diesen eingestiegen war und den Fahrer tot aufgefunden hatte. Als Täterin kam sie für Enter nicht infrage. Warum hätte sie denn drei Taxler umbringen sollen? Was das Mordmotiv anbelangte, so hatte er plötzlich eine vage Idee, wenngleich ihm diese reichlich absurd erschien. »Wissen Sie noch, wer sich im letzten Jahr bei Ihnen als Fahrer beworben hat?«, fragte er.

Lea Vyslozil zog eine Hülle mit Bewerbungsschreiben aus der Schreibtischlade. »Das sind nur diejenigen, die auch optisch infrage kämen – für den Fall, dass einer meiner Fahrer ausfällt. Durchschnittstypen landen bei mir gleich in der Rundablage. Die Hässlichen sowieso.«

Wenn es bei der Polizei solche Kriterien gäbe, wäre er selbst mit Sicherheit arbeitslos, überlegte Enter, während er die Unterlagen der gerade mal vier verbliebenen Männer überprüfte.

»Austria's Next Toptaxler«, scherzte die Vyslozil. Ihr Lachen klang nach mindestens zwei Packerl Tschick am Tag, obwohl Enter in ihrem Büro weder Zigaretten noch einen Aschenbecher entdecken konnte.

Als Nächstes ließ er die vier Bewerber ins Polizeipräsidium vorladen, um sie zu befragen. Vielleicht war ja einer von ihnen so heiß auf den lukrativen Nebenjob, dass er selbst über Leichen ging, um ihn zu ergattern. Junge Leute waren ja immer so ungeduldig.

Niko Stein betrat als Erster das Vernehmungszimmer. Zur Tatzeit sei er im Kino gewesen, danach zu Hause im Bett, was seine Freundin später bestätigte. Die Kinokarten hatte er bedauerlicherweise weggeworfen.

Simon Lackner war der Nächste, den Enter vernahm. Er habe fast die ganze Nacht für die Statistikprüfung gelernt, bei der er schon einmal durchgerasselt sei, gab er an. Zwischendurch habe er immer wieder mit Charly, seinem Freund in Los Angeles, gechattet, der wie er gebüffelt hatte, anstatt zu schlafen.

Alex Lobe war zur Tatzeit Taxi gefahren, was die Funktaxizentrale und die Fahrgäste bestätigten.

Schließlich blieb Felix Angerer übrig, den Enter ebenfalls nach seinem Alibi befragte. »Das ist jetzt aber blöd«, meinte der, »ich war zu Hause und habe ferngesehen. Allein.«

»Sie haben demnach keine Zeugen für Ihr Alibi?«

Angerer schüttelte den Kopf.

»Wissen Sie noch, welches Programm Sie gesehen haben?«

»Sicher. Eine politische Diskussion.« An die Argumente der Politiker, bevor er eingeschlafen war, konnte er sich ziemlich gut erinnern. Für Enter klang sein Alibi zumindest plausibel. Außerdem wusste er ohnehin längst, wer ihn angelogen hatte. Ob derjenige auch die Taxler auf dem Gewissen hatte, würde er früher oder später herausfinden.

Wem kauft Enter seine Aussage nicht ab?

Lösung: 13. Rätsel-Krimi

Simon Lackner gibt an, in der Tatnacht mit seinem Freund in Los Angeles gechattet zu haben, der ebenfalls gelernt hatte, anstatt zu schlafen. Bedenkt man jedoch die Zeitverschiebung, war in L.A. helllichter Tag. Die Aussage kann daher so nicht stimmen.

DIE LEIDEN DES ALTEN ENTER

Franz Enter hatte die Nase voll. Und zwar bis in die Nebenhöhlen. Nicht nur von seinem Job als unterbezahlter Kriminalbeamte bei der Wiener Mordkommission, sondern vor allem von dem lästigen Schnupfen, der ihn seit gestern quälte. Anstatt das Bett zu hüten, um keine gesundheitlichen Spätfolgen zu riskieren, musste er bei dieser klirrenden Kälte im Beserlpark herumstehen und Zeugen befragen. Das Leben war oft grausamer als der Tod, der ihn in aller Herrgottsfrüh hierher an den Tatort geführt hatte.

»Hatschi«, entkam ihm ein lautes Niesen in Richtung Leichnam. Dem konnten die Bazillen ohnehin nichts mehr anhaben.

»Gesundheit«, antwortete der Kriminaltechniker, beinahe wie aus der Pistole geschossen, die der unbekannte Tote bis vor Kurzem in der Hand gehalten hatte. Die beiden Schüsse, die daraus abgefeuert worden waren, hatten das Opfer in den Bauch getroffen, ehe es hinter den kahlen Fliederbüschen verstorben war. Laut Gerichtsmedizinerin musste dies zwischen 3 und 5 Uhr morgens geschehen sein.

Enter schnäuzte sich zum gefühlten hundertsten Mal. Seine Schnupfennase sagte ihm, dass der Mann sich nicht selbst die Kugeln in den Bauch geschossen hatte. Der Schalldämpfer hatte zuvor schon die Kollegen stutzig gemacht, die deshalb die Mordkommission verständigt hatten. Enter zog den Nasenspray aus seiner Jackentasche.

Oder das, was er dafür gehalten hatte, und hätte sich beinahe Pfefferspray in die verstopfte Nase gesprüht. Jetzt hatte er auch noch den verdammten Abwehrspray anstelle der Schnupfenmedizin eingesteckt! Anstatt sich darüber zu freuen, den möglichen Folgen einer fatalen Verwechslung knapp entgangen zu sein, schimpfte er lauthals. »Was für ein beschissener Tag!«

»Wem sagen Sie das«, bestätigte der alte Herr, an dessen Leinenende sich eine zitternde Promenadenmischung den spärlich behaarten Hintern abfror.

Warum sollte es dem Köter besser gehen als ihm?, fragte sich Enter grantig. »Ihr Hund hat die Leiche also gefunden, Herr …?«, wiederholte er die Zeugenaussage des Mannes.

»Kix. Josef Kix«, antwortete dieser, um anschließend seinen Pinschpudeldackel zu loben. »Fifi hat eine unglaublich feine Nase.«

»Schön für ihn«, knurrte Enter.

»Schön für sie«, meinte Kix.

»Für mich?«

»Nein, für sie. Fifi ist eine Hündin.«

»Von mir aus. Können wir jetzt weitermachen?«, fragte Enter genervt.

Der Mann nickte.

»Sie wohnen in der Gegend?«

»Ein Stück weiter oben beim Gürtel.«

Enter notierte die Daten des Mannes.

»Ich komme jeden Morgen gegen sechs in der Früh mit der Fifi hierher. Den Toten kenn ich vom Sehen«, erzählte Herr Kix.

»Und? Irgendeine Ahnung, wie der Mann heißt?«

»Nein. Aber er ist uns einige Male aus der Claire-Bar entgegengewankt, wenn wir auf dem Weg in den Park dort vorbeimussten. Manchmal auch erst am Heimweg.«

Mehr Informationen hatte Herr Kix nicht anzubieten. Also ließ Enter ihn gehen. Da die Spurensicherung keine persönlichen Gegenstände beim Opfer gefunden hatte, knipste der Inspektor mit seinem Handy ein Porträt von der Leiche und ging dann Richtung Gürtel, wo sich längst der morgendliche Berufsverkehr staute. Wieder griff er zu einem Taschentuch, um sich zu schnäuzen, bevor er die Bar am Gürtel betrat. Was er sich getrost hätte sparen können, zumal er hier mehr Zigarettenqualm als sonst was einatmete.

Sein Hustenanfall erregte die Aufmerksamkeit der einzigen beiden Gäste an der Bar sowie der drallen Rothaarigen dahinter. »Was derf's denn sein? A Hustensafterl vielleicht?«, fragte die Dame.

Enter nickte dankbar.

»Schau i aus wiara Apothekerin?«, setzte sie nach.

Alle lachten. Außer dem Inspektor. Der streckte der Bardame, immer noch hustend, sein Handy entgegen.

»Jössas!« Sie fasste sich an den Mund. »Der Ferdl!«

Enters Mobiltelefon wanderte zu den Männern.

»Der is tot«, sagte einer.

»Na, so was«, meinte der andere kopfschüttelnd, »gib uns no zwa Schnapserl, Mischell. Und dem Herrn von der Polizei gib a ans. Sie san do von da Heh, oder ned?«

Enter nickte hüstelnd, steckte das Handy ein und zückte seinen Dienstausweis. Den Schnaps, den Frau Michelle ihm hinüberschob, lehnte er mit einer Geste ab, denn neuerlich schüttelte ihn ein Hustenanfall.

»I glaub ja, dass si der Ferdl söba hamdraht hat«, philosophierte der eine.

»Weil er so schlecht drauf war in letzter Zeit?«, fragte der andere nach.

»Der Ferdl war a bissl depressiv. Vor allem, wann er z'vü intus g'habt hat«, erläuterte die Bardame.

»Oisa meistens eigentlich«, ergänzte der Philosoph.

Enter schnäuzte sich.

»Oba dass er si deshoib glei die Kugl gebn muass. Schrecklich. Prost, Rudi! Auf'n Ferdl!«

»Jo, auf'n Ferdl! Prost, Erich!«

»Dem geht's jetz eh vü besser«, seufzte Michelle und kippte den von Enter verschmähten Schnaps in einem Zug hinunter.

»Du glaubst do ned, dass der jetz im Himmel is, oder?«, fragte Erich.

Die Bardame zuckte mit den Schultern.

Enters Husten war endlich verebbt. »Verraten Sie mir bitte den Namen des Toten?«, fragte er heiser.

»Ferdl«, antwortete Rudi, »Ferdinand Hofer.«

»Und wann haben Sie ihn zum letzten Mal gesehen?«

»Gegen halb vier is er gangen«, berichtete Michelle.

»Und Sie?«, wandte sich Enter an die Männer.

»I war am Klo, wie da Ferdl gangen is«, sagte Erich.

»Und i war kurz draußn vor der Tür, telefonieren. Wegn der Musik.«

»Herr Hofer ist also noch an Ihnen vorbeigekommen? War er allein?«

Rudi nickte.

»Ist ihm jemand gefolgt?«

»I glaub ned. Oba i hab ja telefoniert.«

»Um halb vier in der Früh? Mit wem?«

»Mei Oide is a Taxlerin, die wos in da Nocht fahrt.«

»Das werden wir überprüfen. Gibt es einen Hinterausgang?«, wollte Enter wissen.

»A Fluchttür in'n Hof«, bestätigte Frau Michelle.

»Und Sie waren an der Bar, als Herr Hofer ging?«, vergewisserte sich Enter.

Die Bardame nickte.

»Vielen Dank, meine Herrschaften. Einen von Ihnen muss ich jetzt bitten, mich ins Kommissariat zu begleiten.«

Wen verdächtigt Enter, Ferdl erschossen zu haben? Und warum?

Lösung: 14. Rätsel-Krimi

Erich hat sich verdächtig gemacht, weil er offenbar wusste, dass Ferdl an einer Schussverletzung gestorben ist, obwohl Enter das nicht erwähnt hatte.

NACKTE TATSACHEN

So jung, so hübsch und schon so tot, dachte Franz Enter, als er die blonde Anna in der Badewanne liegen sah – nackt, wie Gott sie erschaffen hatte. Wenngleich die Ukrainerin für seinen Geschmack doch ein wenig zu groß und viel zu mager geraten war. Außerdem hätte sie locker seine Tochter sein können. Altersmäßig wenigstens. Und rein theoretisch, versteht sich. Denn soweit sich der Kriminalinspektor der Mordkommission erinnern konnte, hatte er noch nie etwas mit einer Ukrainerin gehabt. Schon gar nicht nach der Perestroika, die – sofern er richtig gerechnet hatte – vor der Zeugung des Mädchens stattgefunden haben musste. Genauso wenig war er jemals einem echten Model begegnet. Diese extralangen, klapperdürren Frauen, deren ungesundes Aussehen sie vielerorts zu hoch bezahlten Idolen machte, kannte er nur aus dem Fernsehen, von Plakatwänden und aus Zeitschriften. Die Diskussionen, die den Magerwahn der Modeindustrie für die Essstörungen normaler Mädchen und Frauen verantwortlich machten, waren ihm ebenfalls hinlänglich aus den Medien bekannt.

Angesichts der schönen Leiche war Enter jedenfalls wieder einmal heilfroh, dass er kinderlos geblieben war. Sein Herz hing an nichts und niemandem. Und das war auch gut so.

»Verhungert ist sie erstaunlicherweise nicht«, griff die Gerichtsmedizinerin seine Bedenken wegen des lächerlich niedrigen Body-Mass-Index der Toten auf.

Ihrem trockenen Humor, den Enter sonst schätzte, konnte er im konkreten Fall nichts abgewinnen. Dafür war das Opfer zu jung und zu hübsch.

»Der hier spricht auf alle Fälle dagegen«, merkte er missmutig an und deutete zu dem Haartrockner, den ein Kriminaltechniker zuvor aus dem Wasser gefischt hatte.

»Der Todeszeitpunkt muss zwischen 17 und 19 Uhr liegen«, fügte die Gerichtsmedizinerin hinzu. »Das Wasser ist inzwischen auf Körpertemperatur der Leiche abgekühlt«.

Enter vermutete, dass die beiden blutjungen Geschöpfe, die sich mit Anna die Wohnung teilten, von der lebensbedrohlichen Mischung, die Strom und Wasser ergaben, schon einmal gehört hatten. Obwohl Maria und Larissa die Schule viel zu früh abgebrochen und Familien und Heimat verlassen hatten, um sich den zweifelhaften Traum einer internationalen Modelkarriere zu erfüllen. Oder sich einen reichen Mann zu angeln. Was auch immer. Selbstmord beziehungsweise ein Unfalltod mit oder ohne Fremdverschulden waren beim derzeitigen Ermittlungsstand nicht auszuschließen.

Larissa nuckelte gedankenverloren an ihrer Wasserflasche, als Enter das Wohnzimmer betrat und sich räusperte. Maria, die ihm den Rücken zugewandt hatte, drehte sich abrupt nach ihm um und riss sich die Stöpseln ihres MP3-Players aus den Ohren. Gleichzeitig drückte die Chefin der Modelagentur ihre Zigarette aus, ohne den Inspektor eines Blickes zu würdigen. Es war nicht die erste Kippe im vollen Aschenbecher, die Spuren ihres pinkfarbenen Lippenstifts aufwies. Entweder Frau Zak war Kettenraucherin oder sie hatte gelogen, als sie vorhin ausgesagt hatte, sich erst wenige Minuten in der Wohnung aufgehalten zu haben, ehe sie die Leiche entdeckt und sofort die Polizei verständigt hatte. Vielleicht wurde hier aber auch nicht so oft der Aschenbecher geleert. Besonders aufgeräumt war die Wohnung jedenfalls nicht, stellte Enter fest.

Die beiden blassen Mädchen behaupteten erneut, nichts vom Tod der Genossin mitbekommen zu haben. Maria gab an, das Badezimmer zuletzt am Vormittag betreten zu haben, um sich für mehrere Go Sees zurechtzumachen, von denen sie erst gegen halb sechs zurückgekehrt war.

»Hä?«, fragte Enter nach.

»Go Sees sind Termine, bei denen sich die Mädchen den Fotografen in der Stadt vorstellen, ohne sich wie bei Castings für konkrete Jobs zu bewerben«, erklärte ihm die Agenturchefin. Anna habe bis etwa 15 Uhr in der Agentur für eine Modenschau geprobt und sei dann nach Hause gefahren, ergänzte sie.

Larissa erklärte, nur wenige Minuten, bevor Frau Zak gegen 19 Uhr aufgetaucht sei, von einem Fotoshooting heimgekehrt zu sein und sich sofort in die Küche begeben zu haben, um ihr Abendessen aufzuwärmen. Den ganzen Tag habe sie sich schon auf die Krautsuppe gefreut, die sie heißhungrig verschlungen habe, während Anna nebenan bereits tot gewesen sein musste.

»Und Sie haben nichts gehört?«, wandte sich Enter erneut an die Mädchen.

»Njet«, verneinte Larissa.

Auch Maria schüttelte den Kopf. »Mit MP3-Player chör ich nix, nur Musik.«

»Und ich war erst ganz kurz in der Wohnung, ehe ich Anna gefunden habe«, wiederholte Frau Zak und seufzte. »Wie soll ich das bloß ihren Eltern erklären?«, setzte sie hinzu.

»Das können Sie getrost uns überlassen«, erwiderte Enter.

»Wenigstens etwas«, meinte die Zak. »Anna hinterlässt eine große Lücke in der Agentur. Auch wenn gerade im Osten reihenweise tolle Mädchen auf ihre Chance warten. Anna war mein Star. Sie hat die meisten Jobs bekommen und gutes Geld verdient. Deshalb war sie nicht gerade beliebt bei ihren Kolleginnen. Stimmt's, Larissa?«

Während Larissa der Agenturchefin einen Blick zuwarf, der waffenscheinpflichtig war, zündete sich diese die nächste Zigarette an. Ein leuchtendes Vorbild für Moral und Tugend war sie nun nicht gerade. Aber davon konnte man in diesem Business wahrscheinlich nicht leben. Und Neid war durchaus ein Mordmotiv, gab Enter der Zak insgeheim recht.

»Ich chab oft mit Anna gestritten, trotzdem chab ich sie nicht umgebracht«, rechtfertigte sich Larissa und nahm dann einen Schluck aus der Wasserflasche.

»Ich auch nicht«, fügte Maria prompt hinzu.

»Anna wollte Agentur wechseln. Nicht wahr, Frau Zak?«, platzte Larissa heraus.

Diesmal waren es die Blicke der Agenturchefin, die beinahe tödlich ausfielen. »Dummes Zeug!«, protestierte sie.

Larissa lachte gekünstelt auf.

Wenn das stimmte, hatte die Zak also auch ein Motiv. Doch Enter wusste längst, wer ihn belogen hatte.

Wer hat Enter nicht die Wahrheit gesagt?

Lösung: 15. Rätsel-Krimi

Maria hat behauptet, außer der Musik in ihrem MP3-Player nichts zu hören, dennoch hat sie sich sofort nach Enter umgedreht, als dieser das Wohnzimmer betreten und sich geräuspert hat. Anscheinend hat sie ihn also doch gehört.

MORDSGLÜCK

Seit sich der Kriminalinspektor der Mordkommission das Rauchen mühsam abgewöhnt hatte, hatte er keine Trafik mehr von innen gesehen, musste er doch befürchten, beim Anblick der vielen Tschickpackerl schwach zu werden. Einmal Raucher, immer Raucher, hatte Franz Enter irgendwo gelesen. Und dass die Sucht in den Genen verankert sei. Dennoch könne man dagegen ankämpfen. Oder sie verlagern. Er selbst war das beste Beispiel für beides. Seit knapp zwei Jahren war Enter nun rauch-, aber keineswegs immer rauschfrei. Zu allem Überfluss wog er auch noch zwölf Kilo mehr.

Als er die Tür zur Trafik öffnete, riss ihn das Läuten der Glocke aus seinen Gedanken. Was sich gut traf, wäre er doch ansonsten über den Kopf der Leiche in dem winzigen Geschäftslokal gestolpert. Und über die blutigen Tageszeitungen und Fernsehprogramme, die um den Toten herum verstreut lagen. Offenbar hatte hier ein Kampf stattgefunden, bei dem die Zeitungen vom Verkaufspult hinuntergefallen waren. Enter musste wie angewurzelt stehen bleiben, um keine Spuren zu verwischen, die Tür direkt in seinem Rücken. Vorerst würde hier herinnen niemand mehr Platz finden. Selbst die Tatortermittler mussten bis auf den einen Kollegen, der bereits die Spuren auf der Budel sicherte, draußen warten.

»Raubmord?«, fragte Enter den Kriminaltechniker über den Leichnam hinweg. Leider wurden in Wien sehr häufig Trafiken überfallen und ausgeraubt. Und manchmal musste eben ein allzu wehrhafter Trafikant daran glauben.

Der Kollege im weißen Overall zuckte mit den Schultern. »Nicht direkt«, antwortete er und steckte ein Wattestäbchen in eine Phiole.

»Also indirekt?«, fragte Enter unwirsch.

»Quasi«, erwiderte der Overallträger, ohne aufzublicken.

»Sagen Sie, wollen Sie mich verarschen?«, schnauzte Enter ihn an. Er hatte nicht vor, den ganzen Tag in dieser Folterkammer zu verbringen. Es war ihm nicht einmal möglich, sich hier umzudrehen. Die Trafik würde er nur im Rückwärtsgang verlassen können.

»Ich muss doch sehr bitten«, wehrte sich der Spurensicherer gegen die schlechte Laune des Inspektors.

»Ich auch: Geht's auch ein bisschen konkreter?« Enters Blick schweifte über die bunten Zigarettenpackungen im Regal, die ihn allesamt beim Namen riefen. Mit Ausnahme der Menthol-Zigaretten. Zum Glück lenkte ihn nun der Plastikvorhang ab, durch den ein junger Mann aus dem Hinterzimmer trat. Sein Gesicht war beinahe ebenso blass wie jenes der Leiche, die rücklings auf dem Fliesenboden lag.

»Sie sind der Trafikant?«, mutmaßte Enter.

Der Mann nickte. »Nemeczek Thomas heiß ich.«

Enter stellte sich ebenfalls vor und fragte nach dem Tathergang. »Kannten Sie den Toten? War er öfters bei Ihnen?«, wollte er zudem noch wissen.

»Er war einer meiner Stammkunden. Hat fast täglich ein Packl Tschick hier gekauft und regelmäßig seine Lottoscheine bei mir abgegeben. Pribil hat er g'heißen. Gewohnt hat er dort hinten auf der Vierer-Stiege«, erklärte Nemeczek, während Enter sich die Details notierte. »Der Pribil hat den Lotto-Jackpot geknackt«, berichtete Nemeczek weiter, »einen von zwei Sechsern hat er gehabt. Ich konnte es kaum fassen, als ich vorhin den Schein für ihn überprüft hab. Er war außer sich vor Freude …«

»Jetzt werden sich höchstens seine Erben freuen«, stellte Enter fest.

Der Spurensicherer meldete sich wieder zu Wort. »Nein«, widersprach er dem Inspektor.

»Nein? Und wieso nicht?« Erneut keimte Groll in Franz Enter auf.

»Der Pribil wurde von einem zweiten, mir unbekannten Kunden, der erst später dazugekommen ist, beraubt«, sprang der Trafikant ein, ehe Enter erneut explodieren konnte. »Er hat mitbekommen, dass der Lottoschein des Kunden vor ihm Millionen wert ist. Plötzlich hat er ein Springmesser gezogen und es ihm in die Brust gerammt. Dann ist er mit dem Schein geflüchtet. Ich hab sofort die Polizei angerufen.«

Enter sah zu Boden. »Ein Springmesser also?«, wiederholte er und ging vorsichtig in die Hocke, um die Brust des Opfers zumindest oberflächlich inspizieren zu können. Dass dort ein blutiges Loch klaffte, erhärtete die Aussage des Trafikanten.

»Sehr gut.«

Der Tatortermittler warf Enter einen fragenden Blick zu.

»Nun, wir müssen nur abwarten, wer die Millionen für sich beansprucht«, erklärte Enter. »Einer der beiden glücklichen Gewinner wird wohl unser Täter sein. Es sei denn, er schickt jemand anders, dem er vertraut.« Der Inspektor kratzte sich am Kinn. »Können Sie den Mann beschreiben?«, wandte er sich wieder Nemeczek zu.

»Ja. Er hat ganz normal ausgeschaut.«

»Normal? So wie ich? Oder wie wer?«, fragte Enter nach.

»Nicht wie Sie, nein. Er war höchstens Mitte 30 und aschblond. Er trug Jeans und einen dunkelblauen Sweater.«

Bis auf die Haarfarbe sah Enter also abnormal aus, nahm er hiermit zur Kenntnis. »Anscheinend sind Sie ein guter Beobachter«, lobte er den Trafikanten dennoch. »Könnten Sie bitte ins Kommissariat kommen, solange die Erinnerung noch frisch ist, um ein Phantombild zeichnen zu lassen?«

»Wenn es Ihnen hilft, den Täter zu schnappen.«

Enter bedankte sich und warf einen sehnsüchtigen Blick auf das Zigarettenregal. Ob er wenigstens eine Packung kaufen sollte? Nur eine einzige. Wenn er eine Zigarette pro Tag rauchte, konnte das doch nicht schaden. Eine war bekanntlich keine. Sofern die Suchtverlagerungstheorie zutraf, würde er dafür weniger Alkohol trinken und an Gewicht verlieren, was seiner Gesundheit nur zuträglich sein konnte. Außerdem war die Leiche zu seinen Füßen doch auch nicht am blauen Dunst gestorben, sondern am unverhofften Glück. Pech war nur, dass der Tote nun nichts mehr davon haben würde. Noch einmal ließ Enter sich den Tathergang vom Trafikanten schildern, ehe er meinte: »Ich denke, diesen zweiten Kunden haben Sie erfunden, Herr Nemeczek. Wollen Sie mir die Tatwaffe und den Lottoschein des Opfers gleich aushändigen? Oder muss ich Sie und die Trafik auseinandernehmen lassen?«

Warum verdächtigt Enter den Trafikanten des Raubmordes?

Lösung: 16. Rätsel-Krimi

Laut Aussage des Trafikanten soll der angebliche zweite Kunde hinter dem Opfer gestanden sein, ihm das Springmesser aber in die Brust gerammt haben, was unmöglich ist. Der Täter muss von vorn, also vom Verkaufspult aus, zugestochen haben, wofür auch die Lage des Leichnams und der Zeitungen auf dem Boden sprechen.

ENDSTATION WILHELMINENBERG

Es hätte so ein schöner Tag werden können. Wenn, ja, wenn nicht schon wieder einer beschlossen hätte, sich ausgerechnet heute umbringen zu lassen. Franz Enter seufzte, als er das Auto am Parkplatz vor dem Schlosshotel Wilhelminenberg zwischen einem Streifen- und einem Leichenwagen abstellte.

Wenigstens den Tatort hatte der tote Hoteldirektor gut gewählt, dachte der Kriminalinspektor und sog das Lüfterl tief ein, das ihm an diesem prachtvollen Sommervormittag hier heroben um die Nase wehte. Was hätte er jetzt dafür gegeben, ein wenig im Wienerwald umherzustreifen und den Vögeln zu lauschen. Anschließend hätte er sich auf der Schlossterrasse ein Schnitzerl mit Mayonnaisesalat, ein Seidl und die unvergleichliche Aussicht auf die Stadt gegönnt, die drunten im Sonnenlicht gleißte. Doch die Leiche wollte es nun einmal anders.

An der Rezeption zückte Enter seinen Ausweis und ließ sich den Weg zu Felix Jahns Büro beschreiben. Ehe er diesen antrat, erzählte ihm der altgediente Portier, dass der Direktor seine Position hier nicht besonders lang bekleidet hatte. Seit drei Wochen hätte er in dem Viersternehaus gearbeitet. Zeit genug, um sich beim Personal unbeliebt zu machen, berichtete Gruber offenherzig. Eigentlich habe man damit gerechnet, dass Verkaufsdirektor Peter Schantl in die Fußstapfen des kürzlich pensionierten Hoteldirektors Wolff treten würde. Stattdessen habe die Zentrale Jahn bestellt. Einen nicht einmal 30-Jährigen, der in Singapur und Peking Karriere gemacht hatte. Oder war es in Shanghai und Perth gewesen? So genau konnte sich Gruber nicht erinnern. »Ich frage Sie, Herr Inspektor: Warum setzt man uns einen dermaßen jungen Schnösel vor die Nase? Noch dazu einen solchen Sklaventreiber! Unser altehrwürdiges Schloss lässt sich nun mal nicht wie eines dieser Wolkenkratzerhotels in Fernost führen – mit Tausenden Angestellten, die für Hungerlöhne arbeiten. Sogar unseren Küchenchef hat er wie einen Lehrbuben behandelt.« Gruber seufzte. »Was haben sich die in der Zentrale nur dabei gedacht?«

Enter zuckte mit den Schultern. Woher sollte er das wissen? Vom Hotelgeschäft hatte er keinen blassen Schimmer. Von Tatmotiven umso mehr. »Herr Schantl wäre gern Hoteldirektor geworden?«, fragte er nach.

Gruber nickte.

Vielleicht würde der Verkaufsdirektor nun an die Spitze aufrücken, dachte Enter und verließ die Rezeption, um sich an den Tatort zu begeben. Die Erfahrung sprach dafür, dass Jahns Schädel im Affekt eingeschlagen worden war. Nicht einmal die Kaffeetasse, die auf seinem Schreibtisch stand, hatte er mehr leer trinken können. Unweit des Opfers lag ein Bronzebuddha auf einem Perserteppich, der rund um den Kopf des Leichnams mit Blut durchtränkt war.

Der anwesende Gerichtsmediziner bestätigte, dass die Tat höchstens drei Stunden zurücklag, der Kriminaltechniker, dass es sich bei dem Buddha um die Tatwaffe handelte.

Enter hatte genug gesehen. Er ließ sich ein Hotelzimmer

zuweisen, in dem er einen Mitarbeiter nach dem anderen befragen konnte. Zuerst war Jahns Assistentin an der Reihe. Lili Beck wirkte verstört, was nicht weiter verwunderlich war, da sie ihren Chef vor einer guten Stunde tot aufgefunden hatte. Das Hotel habe sie wie immer gegen 8.30 Uhr betreten, erzählte sie mit zittriger Stimme. Sie habe sich gerade einen Kaffee geholt, als Jahn und der Küchenchef Otto Pranz sie fast umrannten. »Der Otto hat dem Direktor hinterhergebrüllt, dass er sich nicht so mir nichts, dir nichts feuern ließe.« Sie sei dann in ihr Büro gegangen, habe ihre E-Mails gelesen und ein längeres Telefonat mit der Eventagentur geführt, die die bevorstehende Promi-Hochzeit im Hotel organisierte. Es wurden an die 130 Gäste und jede Menge Journalisten erwartet. Anschließend habe sie sich um die Post des Direktors gekümmert, gab Frau Beck an. Diese habe sie ihm gegen 10 Uhr ins Büro gebracht und sei dabei über seine Leiche gestolpert.

»Sie meinen das im übertragenen Sinn?«, fragte Enter nach.

»Keineswegs. An meiner Bluse klebt noch sein Blut. Und der Kaffeefleck von heute Morgen. Sehen Sie«, meinte sie und öffnete die schwarze Kostümjacke, die sie am Morgen offenbar nicht getragen hatte. Die Spuren prangten deutlich auf ihrer weißen Bluse.

»Ich bin hingefallen. Meine blutigen Hände habe ich inzwischen gewaschen. Das war doch okay, oder?«

»Ja. Würden Sie Ihre Bluse nachher unseren Kriminaltechnikern zur Verfügung stellen?«

Die Beck nickte stumm, während Enter sie bat, den

Verkaufsdirektor herbeizurufen. Die Art und Weise, wie Schantl sie ansah, als er eintrat und sie ging, ließ den Inspektor vermuten, dass die beiden sehr vertraut miteinander waren.

Schantl erzählte, dass er erst vor 40 Minuten ins Hotel gekommen sei. Da sei der Jahn schon tot gewesen. Der Portier könne das bestätigen. »Klar wäre ich gern Direktor geworden«, beantwortete er Enters direkte Frage. »Aber deswegen bring ich doch niemanden um.«

Dass in der Kriminalgeschichte schon für weitaus weniger als für einen hoch dotierten Direktorenposten gemordet worden war, behielt Enter für sich. Als Nächstes ließ er den Küchenchef kommen.

Dass der Schantl und die Lili was miteinander hätten, sei ein offenes Geheimnis, sagte Pranz aus. »Dem Jahn war das ein Dorn im Aug. Er hat gedroht, einen der beiden zu feuern, wenn sie nicht Schluss machen. Mich hat er heute früh übrigens auch gekündigt, weil ich unsere Küche nicht von österreichisch auf asiatisch umstellen wollte. Idiot!«, wurde Pranz laut.

Insgeheim gab Enter ihm recht. Roher Fisch und höllisch scharfe Suppen waren in diesem Ambiente völlig fehl am Platz. »Von Ihrer Kündigung habe ich schon gehört«, sagte er.

»Ach ja? Das hat Ihnen sicher die Lili erzählt. Der wären beinahe die Kaffeetassen aus der Hand gefallen, als wir an ihr vorbeiliefen.«

»Sie sind dem Direktor in sein Büro gefolgt und haben ihn dort im Streit erschlagen?«

»Um Gottes willen, nein!«, schrie Pranz.

»Beruhigen Sie sich wieder. Ich verdächtige ohnehin jemand anders als Sie.«

Wen hält Enter für den Täter und warum?

Lösung: 17. Rätsel-Krimi

Kriminalinspektor Enter verdächtigt Lili Beck, da sie nicht nur eine Tasse Kaffee für sich geholt hat, wie sie angab, sondern mindestens zwei, wie der Aussage des Küchenchefs zu entnehmen ist. Tatsächlich hat sie dem Direktor den Kaffee gebracht, der immer noch auf seinem Schreibtisch steht.

KA SCHÖNE LEICH

In den meisten Fällen hatte es Franz Enter mit relativ frischen Leichen zu tun. Nicht so in diesem. Der verschrumpelte Kadaver, der bereits monatelang im Bett vor sich hin verwesen musste, hätte das Herz eines jeden Horrorfilm-Regisseurs höher schlagen lassen. Das des Kriminalinspektors wäre hingegen beinahe in die Hose gerutscht, als der Kollege von der Spurensicherung die Tuchent hochhob.

Abgesehen von dem penetranten Leichengeruch, der ihnen in einer unsichtbaren Wolke der Verwesung entgegenschlug, hatte sich Enter noch nie so sehr vor einem Anblick geekelt wie vor diesem. Außer ein paar dünnen weißen Kopfhaaren, Knochen und grauen Hautfetzen, die mit dem Leintuch praktisch verschmolzen waren, war nichts Menschliches mehr zu erkennen. Angewidert wandte sich der Inspektor ab, um den Ort des Grauens zu verlassen.

Wie konnte man nur in einer dermaßen zugemüllten Wohnung leben? Noch dazu neben einem verwesenden Leichnam? Der Gestank war unerträglich. Diesem war es auch zu verdanken, dass die Nachbarin aus dem ersten Stock die Polizei verständigt hatte. Spät, aber immerhin.

Enter lehnte die Wohnungstür hinter sich an und riss das Gangfenster zum Hof auf, um frische Luft zu schnappen.

»Entsetzlich, was?«, hörte er eine nasale Frauenstimme hinter seinem Rücken fragen.

Abrupt wandte er sich um. Die Mittdreißigerin hielt sich die Nase zu. »Ich habe Sie verständigt. Petra Schenk mein Name. Sie sind doch von der Polizei, oder?«

Enter nickte und ließ die Nachbarin weiterreden.

»Was glauben Sie, wie oft ich Herrn Fink schon auf diesen elendigen Gestank angesprochen habe, wenn ich ihm begegnet bin? Unzählige Male. Einige Male bin ich sogar extra hinaufgegangen und habe ihn deswegen herausgeläutet. Aber er hat immer bestritten, dass der Geruch aus seiner Wohnung käme. Bei ihm und seiner Mutter sei alles in bester Ordnung. Sie wäre nur alt und bettlägrig.«

»Wie lange wohnen Sie denn schon in diesem Haus, Frau Schenk?«

»Ein Jahr und zwei Monate, ziemlich genau.«

»Ist Ihnen außer diesem Geruch sonst noch irgendetwas aufgefallen?«

Petra Schenk schüttelte den Kopf, die Nase weiterhin zwischen ihren Fingern. »Na ja, die Alte hab ich zwar nie zu Gesicht bekommen, aber ich hab sie öfters mit ihrem Sohn keifen gehört, wenn die Fenster offen waren. In den letzten Monaten halt nimmer.«

Enter bedankte sich und kehrte in die Messie-Wohnung im zweiten Stock zurück. Was hatte er nur für einen beschissenen Job?, fragte er sich auf dem Weg in die Küche. Am liebsten hätte er sich wie Petra Schenk die Nase zugehalten. Für einen Polizeibeamten geziemte sich das aber nicht.

Karl Fink saß in schäbiger Kleidung vor einem ebensolchen Teehäferl und starrte auf den vollgeräumten Küchentisch – ein blasser, schmächtiger Mann, der optisch in die

Schublade des Muttersöhnchens passte. Enter hatte alle Mühe, ihn zum Sprechen zu bringen. Mit 49 Jahren wohnte der ledige Fink nach wie vor bei seiner Mama, erfuhr er schließlich, und war seit vier Jahren arbeitslos. Dabei merkte man ihm keine Gefühlsregung an.

»Sie sind also arbeitslos?«, nahm Enter die letzte Aussage wieder auf.

Fink nickte, ohne ihn anzusehen.

»Sie leben von der Notstandshilfe, nehme ich an?«

Der Mann schüttelte den Kopf.

»Nein?«, hakte Enter nach.

»Nein«, wiederholte der Befragte leise.

»Himmelherrgott! Jetzt lassen Sie sich doch nicht alles aus der Nase ziehen!«, wurde Enter laut. Es reichte ihm. Er hatte keine Lust mehr, die Befragung in dieser stinkenden, verwahrlosten Bude fortzusetzen. »Ich erwarte Sie morgen um neun auf dem Kommissariat! Dort reden wir weiter.« Warum war er nicht schon früher auf diese Idee gekommen? Er warf seine Visitenkarte auf den klebrigen Küchentisch neben einen Stapel schmutziger Teller und stand auf.

»Nein! Bitte, setzen Sie sich wieder hin.« Erstmals zeigte der Mann Emotionen und sah den Inspektor einen Moment lang an, was diesen bewog, erneut Platz zu nehmen. Offenbar brauchte Fink einen dominanten Umgangston.

»Dann reden Sie endlich, Herr Fink«, herrschte Enter ihn an.

»Ich bekomme keine Notstandshilfe mehr, weil ich keine AMS-Kurse machen kann.«

»Sie können nicht? Warum nicht? Weil Sie Ihre Mutter pflegen mussten?«, vermutete Enter.

»Das war mit ein Grund, ja.«

»Und der andere? So reden Sie schon, sonst …« Enter deutete an, aufstehen zu wollen, was prompt Wirkung zeigte.

Fink sprach weiter. »Ich hab die Wohnung seit 18 Monaten nicht mehr verlassen. Aus Panik. Ich schaff es noch nicht mal, ein Stockwerk hinunterzugehen.«

»Aber Sie müssen doch irgendwann einkaufen, Essen und Medikamente für Ihre Mutter besorgen.«

»Hab ich alles im Internet bestellt und liefern lassen. Bis an die Wohnungstür.«

»Und wovon haben Sie das bezahlt?«

»Die Pension meiner Mutter und das Pflegegeld reichen zum Leben.«

»Jetzt nicht mehr. Ich empfehle Ihnen eine Therapie, Herr Fink.«

Karl Fink sprang mit einem Satz auf, sodass sein Sessel nach hinten flog. »Ich bin doch nicht verrückt!«, schrie er.

Offenbar doch, dachte Enter. »Das hab ich gar nicht behauptet«, sagte er so ruhig wie möglich und beobachtete Fink, der nun am Fenster stand und in den Park blickte. »Der Müll in Ihrer Wohnung stammt also aus den letzten 18 Monaten?«

»Nicht ganz. Ein wenig davon hab ich im Kachelofen verbrannt. Oder die Toilette runtergespült.«

Enter schüttelte den Kopf, was der Mann, der ihm den Rücken zuwandte, nicht sehen konnte. Hier stank mehr zum Himmel als nur die Leiche der Mutter und die Müllberge, war sich der Inspektor sicher. Fink hatte ihm eine fette Lüge aufgetischt. Jetzt lag es beim Gerichtsmediziner, herauszufinden, ob die alte Dame eines natürlichen Todes gestorben war oder ob jemand nachgeholfen hatte; und beim psychiatrischen Sachverständigen, ob Karl Fink nicht besser in einer geschlossenen Anstalt aufgehoben war.

Warum ist Franz Enter überzeugt, dass Karl Fink lügt?

Lösung: 18. Rätsel-Krimi

Karl Fink behauptet, die Wohnung seit 18 Monaten nicht verlassen zu haben. Angeblich schafft er es nicht einmal, ein Stockwerk hinunterzugehen. Wie konnte er dann der Nachbarin begegnen, die erst seit einem Jahr und zwei Monaten unter ihm wohnt? Einmal abgesehen von jenen Fällen, in denen sie extra hinaufgekommen ist und bei ihm geläutet hat.

MITTEN INS HERZ

Der November fing ja gut an, dachte Kriminalinspektor Franz Enter, als ausgerechnet während des Mittagessens sein Handy klingelte. Damit nicht genug der Störung, wurde er schon wieder zu einer Leiche gerufen. Und zwar dringend. Als ob in einem solchen Fall noch irgendetwas wirklich eilig wäre. Tot war tot. Da konnte man doch wenigstens sein Gulasch fertig essen. Aber nein! Pflichtbewusst, wie Enter nun einmal war, ließ er alles stehen und liegen und brach ins Juweliergeschäft in der äußeren Mariahilferstraße auf, das vor etwa 40 Minuten überfallen worden war. Prompt fuhr er an dem Geschäft vorbei, weil ein Baucontainer die Sicht auf den Laden verstellte. Den geparkten Einsatzwagen dahinter hatte er auch viel zu spät gesehen. So stellte er seinen zivilen Dienstwagen an der nächsten Straßenecke, gleich hinter einem Mercedes ab, und ging die 60 Meter zu Fuß zum Juwelier.

Nicht die Geschäftsinhaberin war erschossen worden, sondern diese hatte ihrerseits den Mann, der sie am helllichten Tag hatte ausrauben wollen, mit der Pistole niedergestreckt.

»Der Schuss ging mitten ins Herz«, berichtete der Gerichtsmediziner am Tatort. »Der Mann war auf der Stelle tot.«

»Wissen wir schon, wer er ist?«, fragte Enter, zog die Gummihandschuhe an und bückte sich nach dem Küchenmesser, das neben der Leiche auf dem Boden lag. Während der Arzt die Jackentaschen des Toten durchsuchte, steckte Enter das Messer in ein Plastiksackerl, das er dem uniformierten Polizisten zu seiner Rechten übergab. »Halten S' das für mich, ja?«

Der Uniformierte nickte mit starrer Miene. Der Mediziner reichte Enter das Handy, die Brieftasche und den Schlüsselbund des Toten.

Hans Körberl hatte der Mann geheißen, stellte der Inspektor anhand der Papiere fest, und allem Anschein nach hatte er nicht am Hungertuch genagt. In der Brieftasche befanden sich über 400 Euro, mehrere Kreditkarten und ein paar Visitenkarten. Außerdem war der 32-Jährige einen Mercedes gefahren, wie er dem Zulassungsschein entnahm. Nicht das neueste Modell zwar, aber immerhin. Womöglich handelte es sich sogar um den Wagen, hinter dem Enter parkte, mutmaßte er. Warum um alles in der Welt hatte Hans Körberl dann ein Juweliergeschäft überfallen?, überlegte er weiter. Andererseits war der Inspektor der Wiener Mordkommission in seinem Berufsleben schon einigen Hochstaplern begegnet, die nach außen hin den dicken Macker markierten und in Wahrheit den Kitt aus den Fenstern fraßen. Oder Verzweifelten, die auf einen Schlag alles verloren hatten. Oder solchen, denen langweilig war und die den Kick suchten. Was wusste man schon in Zeiten wie diesen?

»Wo ist denn das Opfer?«, wandte er sich an den Uniformierten und übergab ihm die sichergestellten Gegenstände, damit er diese ebenfalls vorübergehend für ihn aufbewahrte.

Der Polizist sah ihn verdattert an und zeigte auf die Leiche.

»Ich hab doch nicht den Toten gemeint«, polterte Enter, »sondern die Frau, die überfallen wurde!«

»Ach so, die. Die ist im Büro, gleich hinter der Budel.«

»Name?«

»Inspektor Wagesreiter.«

»Nicht Ihrer, Himmelherrgott! Der Name der Juwelierin!«

Der Mann war dämlicher, als die Polizei erlaubte.

»Elisabeth Greifeneder«, erwiderte er kleinlaut und zog Farbe auf.

Enter verschwand kopfschüttelnd im Büro, wo er auf ein nervliches Wrack traf. Kein Wunder, hatte Elisabeth Greifeneder doch gerade einen Mann getötet, vermutlich den ersten in ihrem etwa 50-jährigen Leben. Enter wollte die Dame besser mit Glacéhandschuhen anfassen, bevor sie ihm hier zusammenbrach, was ihn daran erinnerte, die Gummihandschuhe auszuziehen. »Erzählen Sie bitte genau, was passiert ist, Frau Greifeneder. Haben Sie den Mann schon einmal gesehen?«, fragte er so einfühlsam, wie er nur konnte.

»Nein. Er stand plötzlich im Geschäft und ließ sich Brillantringe zeigen. Nichts Billiges, hat er gemeint. Nur die teuren Stücke. Er wolle sich verloben. Ich hab mir nichts dabei gedacht, er wirkte auf mich wie ein Gentleman«, erzählte die Frau mit zittriger Stimme.

»So hätte ich ihn auch eingeschätzt. Und Sie haben ihm die Schmuckstücke gezeigt?«

Elisabeth Greifeneder nickte. »Ab einem Karat aufwärts, ja. Plötzlich hat er das Messer aus der Jacke gezogen und mich bedroht. Ich solle ihm alle Ringe aushändigen oder er steche mich auf der Stelle ab.«

»Da haben Sie zur Pistole gegriffen.«

»Genau. Ich hab sie immer in der Lade unter der Vitrine liegen, für alle Fälle ...«

»Nun, so ein Fall ist ja nun auch eingetreten. Den Notrufknopf haben Sie auch betätigt?«

»Ja. Ich hatte solche Angst, dass mich der Mann absticht. Nur weil jemand gepflegt aussieht und einen Mercedes fährt, heißt das ja noch lange nicht, dass er einem nichts antut.«

Enter musste ihr schon wieder recht geben. »Wie lange steht denn der Baucontainer schon vor Ihrer Auslage?«

»Seit vier Wochen. Seither mach ich 20 Prozent weniger Umsatz. Deshalb hab ich meine Verkäuferin erst mal in den Urlaub geschickt. Spätestens Anfang Dezember soll der Container wieder weg sein. Damit wäre wenigstens das Weihnachtsgeschäft gerettet.«

»Nun ja ... Ich nehme an, Sie besitzen einen Waffenschein?«

»Selbstverständlich. Den bewahre ich aber zu Hause auf.«

»Das macht nichts. Wir werden das beizeiten überprüfen, gnädige Frau. Obwohl das nicht viel ändern wird. Ich nehme Sie hiermit vorläufig fest«, sagte Enter und zückte die Handschellen.

»Wie bitte?« Die Stimme der Dame überschlug sich, ehe sie kollabierte. Ein Mord und seine Folgen waren für ihre Nerven wohl doch zu viel des Guten.

Enter ließ Inspektor Wagesreiter die Rettung anrufen und nahm noch einmal das Handy des Toten an sich, um es zu überprüfen. Es überraschte ihn nicht, den Namen

Elisabeth Greifeneder als Absender mehrerer SMS vorzufinden. Die Textnachtrichten der Dame sprachen dafür, dass sie sich ihres jungen Liebhabers entledigt hatte, indem sie ihn ins Geschäft bestellt und eiskalt auf ihn geschossen hatte. Mitten ins Herz.

Was hat den Verdacht des Inspektors geweckt?

Lösung: 19. Rätsel-Krimi

Woher hätte die Juwelierin wissen sollen, dass der Räuber einen Mercedes fuhr, wenn sie ihn nicht kannte? Sie kann nicht beobachtet haben, aus welchem Auto der vermeintliche Räuber ausgestiegen ist, da vor der Auslage ein Baucontainer steht.

ALLE JAHRE WIEDER

Weihnachtslieder waren ihm ein Gräuel. Adventmärkte wie dieser hier sowieso. Von wegen Tradition und Brauchtum! Nichts als Ramsch und billiger Flitter. Das meiste Importware aus Fernost. Kling, Glöckchen, klinge-linge-ling …

Pfui Teufel! So viel klebrigen Punsch konnte man gar nicht in sich hineinschütten, um den alljährlichen Weihnachtsirrsinn zu ertragen. Kriminalinspektor Franz Enter zwängte sich zwischen den gut gelaunten Menschen hindurch, die ihre Hände an dampfenden bunten Häferln wärmten, bis diese kalt oder leer getrunken und bereit für die nächste Runde waren. O du fröhliche-e …

Nichts wie weg hier! Warum musste die Leiche ausgerechnet am Wiener Spittelberg auf ihn warten? Und das im Dezember? Enter schnaufte erst einmal durch, als die Tür des Biedermeierhauses hinter ihm ins Schloss fiel. Dass die himmlische Ruhe nicht lang anhalten würde, war zu befürchten gewesen. Die Kollegen von der Spurensicherung hatten die Wohnung im zweiten Stock längst in Beschlag genommen. Aber dass sich der weihnachtliche Albtraum hier fortsetzen würde, hatte Enter nicht ahnen können. Bereits im Vorzimmer blinkten ihm Lichterketten entgegen. Eine beleuchtete Rentierfamilie bewachte den Eingang zum stillen Örtchen. Stille Nacht, heilige Nacht …

»Da sind Sie ja, Enter«, begrüßte ihn der Leiter der Spurensicherung, »kommen S' am besten gleich mit zur Leich'.«

Der Kriminalinspektor folgte dem Kollegen ins Badezimmer, das vom Weihnachtskitsch keineswegs verschont geblieben war. Kaum hatten die Männer von der Tatortgruppe das Bad geräumt, um Platz für die beiden zu machen, sah Enter den Weihnachtsmann höhnisch aus einer Ecke herübergrinsen.

Den LED-Lampen nach zu schließen, handle es sich um ein neues Modell, erklärte ihm der Kriminaltechniker. Wie auch bei den Lichterketten, die die Leiche in der Badewanne schmückten. Sti-ill, sti-ill, still, weil's Kindlein schlafen will …

Enter verkniff sich die Meldung, dass der Tod der Dame des Hauses diese vor noch Schlimmerem bewahrt hatte: nämlich vor Weihnachten selbst. Obwohl sie das vermutlich ganz anders gesehen hätte. So sehr Enter alles rund um dieses Fest hasste, so innig musste sie es geliebt haben.

Geschieht ihr recht, war sein nächster Gedanke. Dass mit Strom betriebene Geräte – sogar, wenn sie nicht eingeschaltet waren – in der Badewanne unter bestimmten Bedingungen lebensgefährlich waren, sollte sich inzwischen herumgesprochen haben.

»Die Leute fühlen sich zu sicher, seit es FI-Schalter gibt. Auch die können mal kaputtgehen. Überhaupt in so alten Häusern«, meinte der Kriminaltechniker, als hätte er Enters Gedanken gelesen. Bevor dieser jedoch gegen die Belehrung protestieren konnte, redete der Kollege weiter auf ihn ein. »Dass sie wegen der hier gestorben ist, halte ich aber für ausgeschlossen.« Mit spitzen, behandschuhten Fingern zog er eine der Lichterketten aus der Wanne.

»Wer hat denn das Wasser abgelassen?«, wollte Enter wissen.

Das sei er selbst gewesen, berichtete der Kriminaltechniker, während er die Kette näher betrachtete.. »Das Wasser war noch warm. Das hier ist übrigens ein 12-Volt-System mit Halogentrafo. Damit kann so etwas nicht passieren«, war er sich sicher.

»Und mit dem Weihnachtsmann dort drüben?« Enter deutete zu dem grinsenden Ungetüm in der Ecke.

»Auch nicht«, erwiderte der Kollege und tätschelte die Leuchtfigur an der Schulter. »Außerdem ist der süße Kerl staubtrocken.« Süßer die Glocken nie klingen …

»Und woran ist sie dann gestorben? Das ist doch eine Strommarke an ihrem Arm«, bemühte sich Enter, sachlich zu bleiben.

»Wie an den Füßen, die den Abfluss berührt haben. Jemand muss ein anderes Gerät in die Wanne geworfen und nachher wieder entfernt haben. Einen Haartrockner zum Beispiel. Oder ein Heizgerät. Beides konnten wir hier aber nicht finden.« Wie zum Beweis öffnete der Kriminaltechniker die Türen beider Badezimmerschränke. Ein Föhn war nicht darin. Nur Bürsten, Wickler und ein Lockenstab.

»Merkwürdig. Die Haare der Dame sind schulterlang. Braucht man da nicht einen Föhn als Frau?« Nachdenklich fuhr sich Enter übers eigene Haupthaar. Selbst die eher spärlich verbliebenen, vergleichsweise kürzeren Reste pflegte er zu föhnen.

Der Techniker zuckte mit den Schultern. »Sie sollten sich mal mit ihrem Mann unterhalten.«

Franz Enter hätte den Witwer zwischen all dem funkelnden Plunder im Wohnzimmer beinahe übersehen. In sich zusammengesunken saß er auf der Couch, neben einem Teddybär im Weihnachtsmanngewand. Lasst uns fro-oh u-und munter sein …

»Sie haben Ihre Frau also tot in der Wanne gefunden?«

Der Mann nickte. »Ich habe ferngesehen, als sie sich ein Bad eingelassen hat. Irgendwann bin ich eingeschlafen. Etwa drei Stunden später bin ich auf der Couch aufgewacht. Ich hab nach der Hilde gerufen, weil ich Hunger hatte. Aber sie hat nicht geantwortet. Ich hab geglaubt, sie ist einkaufen gegangen. Sie wollte Ersatzlämpchen für die Lichterketten besorgen. Hilde hat es nicht ertragen, wenn irgendwo ein Lamperl nicht mehr gebrannt hat.« Der Mann seufzte. »Ich bin dann in die Küche gegangen und hab mir das Gulasch von gestern aufgewärmt. Nach dem Essen hab ich sie schließlich angerufen. Ich hab ihr Handy läuten gehört und bin dem Klingeln nachgegangen. Es kam aus dem Bad.« Wieder seufzte der Witwer, ehe er weitersprach. »Dort hab ich die Hilde dann gefunden. Tot. Ich hab gleich die Polizei verständigt.« Leise rieselt der Schnee …

»Hatte Ihre Frau keinen Föhn?«, fragte Enter nach.

»O ja. Der müsste im Bad sein. Im Kasten neben dem Spiegel.«

»Ist er aber nicht. Geben Sie mir freiwillig die Tatwaffe, oder muss ich erst die ganze Wohnung umdrehen lassen?«

Mit offenem Mund starrte ihn der Witwer an, bevor er gestand, den Weihnachtswahnsinn seiner Frau nicht länger ertragen zu haben. Deshalb habe er den Haartrockner in die Wanne geworfen und die Lichterketten hinterher. Alle Jahre wieder …

Warum der Mann den Föhn wieder aus dem Wasser genommen und versteckt hatte, war Enter ein Rätsel. Alles andere konnte er irgendwie nachvollziehen.

Warum ist sich Franz Enter so sicher, dass der Witwer der Mörder ist?

Lösung: 20. Rätsel-Krimi

Würde die Geschichte des Witwers stimmen, wäre das Badewasser, das der Kriminaltechniker ausgelassen hat, nach den mittlerweile vergangenen Stunden nicht mehr warm gewesen.

ENTERS VISION

»Kriminalpolizei!«, rief Franz Enter immer wieder, während er sich mühsam den Weg durch die Schaulustigen bahnte, die sich dicht an dicht am Gehsteig vor dem Polizeiabsperrband drängten, um einen Blick durch das kleine, schmutzige Schaufenster zu erhaschen. Hätte es an diesem Tag im Jänner nicht ungewöhnliche 17 Grad gehabt, sondern Minusgrade wie in der vergangenen Woche, hätten vermutlich weniger Leute den Tatort blockiert. »Platz da! Weitergehen, nicht stehen bleiben!« Der Kriminalinspektor wischte sich den Schweiß von der Stirn. Diese Temperatursprünge würden ihn noch ins Grab bringen.

Endlich schaffte er es zu dem Ottakringer Geschäftslokal, wo zwei uniformierte Kollegen standen, als ihm das vergilbte Poster an der Tür ins Auge sprang. ›Luisa Larue‹ prangte dort der Künstlername der ermordeten Ladenbesitzerin in fetten Lettern, ›Wahrsagerin und Medium‹. Darunter war ein Porträt der Dame abgebildet, die ›Zukunftsprognosen und Schicksalsvorhersagen aller Art‹ versprach, ›Tarot, Handlesen, Horoskope und Jenseitskontakte‹.

Enter vergaß über dieser Botschaft völlig, die Beamten vor der Tür anzuschnauzen, sie mögen gefälligst den Mob von der Straße vertreiben. Stattdessen schüttelte er den Kopf und trat ein. Was für ein Humbug, dachte er. Dass es immer wieder Verzweifelte gab, die für eine derartige

Scharlatanerie bezahlten, war ihm unbegreiflich. Ginge es nach ihm, wären solche Geschäfte ausnahmslos verboten. Ob die Dame den eigenen Tod vorhergesehen hatte? Fast wäre ihm ein Grinsen über die Lippen gehuscht.

»Ziehen Sie wenigstens den Vorhang in der Auslage zu!«, herrschte er den Kollegen von der Spurensicherung an. »Wir sind ja hier nicht bei CSI Ottakring!«

Der Mann im weißen Overall griff nach den bunten Perlenschnüren und zog sie schwungvoll zur Seite, damit sie den Passanten zumindest teilweise die Sicht auf die am Boden liegende Leiche raubten, sobald sie zu schwingen aufgehört hatten. »Wir sind hier ohnehin fertig«, meinte er, an Enter gewandt.

»Und? Was gefunden?«, bellte der zurück.

»Ein paar rote Wollfasern auf ihrer Kleidung, Blutspritzer auf dem Tisch und auf den Tarotkarten, die darauf lagen. Wahrscheinlich das eigene Blut aus der Wunde am Kopf. Und hier die mögliche Mordwaffe: Die Glaskugel war in der Ecke dort drüben. Vermutlich ist sie hinübergerollt, nachdem der Täter seinem Opfer damit eins übergezogen hat. Zur Sicherheit hat er die Frau wohl auch noch stranguliert. Ob vorher oder danach muss der Gerichtsmediziner klären.«

Enter nahm den Plastikbeutel, den ihm ein zweiter Kriminaltechniker nun entgegenstreckte, und hob ihn auf seiner Handfläche balancierend hoch. Die schwere Kugel war bis auf einige Blutspritzer und ein langes schwarzes Haar, das an ihr klebte, unversehrt. Beides stammte vermutlich vom Opfer. Enter drehte das Beweisstück vor seiner Nase herum, um es genauer zu inspizieren, als er eine dunkle

Gestalt in der Kugel wahrnahm. Ein mulmiges Gefühl überfiel ihn. Er spürte, wie sich die Härchen in seinem Nacken aufstellten. Fast hätte er das Ding vor Schreck fallen gelassen. Das konnte doch nicht wahr sein! War er jetzt völlig plemplem? Wieso bildete er sich auf einmal ein, den Mörder in der Glaskugel zu sehen?

Unsinn!, rief er sich selbst zur Ordnung. Das war nur eine hundsordinäre Spiegelung. Obgleich diese ungewöhnlich deutlich zu sehen war, überhaupt durch den Plastikbeutel! Jemand musste hinter ihm stehen, sagte ihm sein gesunder Menschenverstand. Ja, so musste es sein.

Vorsichtig drehte sich Enter nach dem Mann im schwarzen Anzug um. »Wer sind Sie?«, fragte er ihn direkt.

»Günz, mein Name. Günter Günz. Ich bin schon eine ganze Weile da.« Der Mann zog seine Handschuhe aus, ehe er Enter die Hand schüttelte. »Ich bin der Hausbesitzer. Ich habe Frau Larue hier gefunden und die Polizei verständigt.«

Glauben Sie etwa auch an diesen Unsinn?, hätte ihn Enter beinahe gefragt. »Und was wollten Sie hier?«, fragte er schließlich.

»Ich wollte mit ihr reden. Wegen der Räumungsklage. Ich möchte das Haus sanieren lassen und verkaufen. Aber sie wollte partout nicht ausziehen.«

»Deshalb haben Sie sie erschlagen?« Enter hielt Günz die Glaskugel vor die Nase. Seltsamerweise war er sich absolut sicher, dass der Mörder direkt vor ihm stand. Bloß, wie sollte er das beweisen?

»Wie bitte? Das war doch nicht ich!«, protestierte Günz erwartungsgemäß.

»Okay. Ist Ihnen außer der Leiche Ihrer Mieterin etwas aufgefallen?«

Der Mann nahm seinen roten Kaschmirschal ab. »Ja, eine Frau hatte es sehr eilig, das Lokal zu verlassen. Sie hätte mich auf dem Gehsteig fast umgerannt. Dabei hat sie den hier verloren«, erzählte Günz und überreichte Enter den Schal.

»Eine Frau, soso. Und wie hat sie ausgesehen?«

»Normal. Mittelgroß, nicht besonders dick, nicht besonders dünn. Halblange braune Haare. Das Auffälligste an ihr war der lange schwarze Mantel, den sie trug, und die roten Stiefel.«

»Und dazu noch diesen Schal?«, fragte Enter nach und winkte den Kriminaltechniker herbei, damit er ihn eintütete.

»Ja. Und eine rote Wollmütze.«

Enter überlegte. Dumm war der Mann jedenfalls nicht. Aber auch nicht clever genug, um mit dem Mord an seiner allzu widerspenstigen Mieterin durchzukommen. »Sie sollten Ihren Anwalt anrufen«, meinte Enter und übergab den Verdächtigen einem Polizisten, der ihn aufs Kommissariat bringen sollte. Zufrieden schmunzelnd ließ er die Fakten vor seinem geistigen Auge Revue passieren, als im plötzlich das Grinsen verging. Warum um alles in der Welt hatte er Günz vorhin in der Glaskugel gesehen, aber nicht sich selbst? Hätte er das eigene, nähere Spiegelbild nicht noch deutlicher erkennen müssen? Hatte er es nur ausgeblendet? Oder warum konnte er sich daran beim besten Willen nicht erinnern? Wieder stellten sich ihm die Nackenhaare auf. Offensichtlich war er völlig überarbeitet. Höchste Zeit, einen langen Urlaub zu beantragen. Doch zuerst musste er diesen Fall abschließen.

Welche Indizien sprechen klar gegen Günter Günz, abgesehen von Enters Vision in der Glaskugel?

Lösung: 21. Rätsel-Krimi

Günz ist die ganze Zeit im Geschäft gestanden und hat daher mitbekommen, dass rote Fasern seines Schals, mit dem er das Opfer gewürgt hat, sichergestellt wurden. Die Frau, die er deshalb erfunden hat, wäre an diesem Tag viel zu warm angezogen gewesen. Außerdem trug er selbst Handschuhe, vermutlich, um keine Fingerabdrücke zu hinterlassen.

MORD ZWISCHEN DEN ZEILEN

Franz Enter glaubte an einen Faschingsscherz, als er das Plakat im Schaufenster der renommierten Wiener Buchhandlung erblickte, in die er an diesem eisigen Februarabend gerufen worden war. Abrupt blieb er stehen, die Hände tief in den Manteltaschen vergraben. Das konnte doch nicht wahr sein! Diese Ähnlichkeit! Der Autor, der an jenem Abend zur Lesung geladen hatte, sah aus wie sein eineiiger Zwilling. Der Kriminalinspektor konnte nicht anders, als das Porträt anzustarren. Die ausgeprägten Schlupflider des geschätzten Gerade-noch-Vierzigers ließen seine blauen Augen müde erscheinen. Wie die des Inspektors. Ein dunkler Bart umrahmte die schmalen Lippen und zierte das Kinn des Schriftstellers. Längst hätte dieser wieder einmal getrimmt werden müssen. Genau wie Enters. Nur die Haare waren etwas dunkler, länger und nicht so schütter wie die des Ermittlers.

Enter spürte das dringende Bedürfnis, seinen Doppelgänger kennenzulernen. Allerdings war das leider nicht mehr möglich. Dr. Leo Kunz war tot, seine Leiche auf dem Weg in die Gerichtsmedizin.

Der Geschäftsführer der Buchhandlung begrüßte den Inspektor am Eingang in der Wollzeile – gleich neben dem Tisch, auf dem sich Kriminalromane aus Österreich stapelten. Enter wunderte sich über Alpen-Krimi, Wien-Krimi und Co. und beschloss, in seinem nächsten Steiermark-Urlaub auch literarisch ausschließlich heimische Kost zu genießen.

Der Geschäftsführer, der sich ihm als Prokurist Stefanski vorgestellt hatte, starrte ihn unvermindert an. »Ver-zeihen Sie, b-bitte«, stotterte er, »aber Sie sehen aus wie …«

»Wie der Ermordete«, vervollständigte Enter den Satz des Prokuristen, der an diesem Abend genug gelitten haben musste. Wann bekam es ein Buchhändler schon mit Leichen zu tun, die nicht bloß Fiktion waren? »Reiner Zufall – diese Ähnlichkeit. Ist Ihnen sonst noch irgendetwas aufgefallen?«

»Nein. Außer dass Herr Doktor Kunz um Viertel vor acht röchelnd vom Stuhl gefallen ist. Mitten während seiner Lesung, nach dem ersten Schluck Wasser.«

Enter hatte schon am Telefon erfahren, dass das Opfer anscheinend vergiftet worden war. So lautete die erste Diagnose des Amtsarztes. »Und wer hat das Wasser serviert?«

»Meine Assistentin, Frau Goldammer. Sie hat wie immer Karaffe und Glas für den Autor gebracht. Sie sitzt dort vorn in der ersten Reihe, direkt vor dem Lesepodest.«

Die Leute in den zwölf Stuhlreihen, die in Richtung Kaffeehaustischchen und Thonet-Stuhl blickten, hatten Enter den Rücken zugewandt. Als er an ihnen vorbeimarschierte, fiel einigen die vermeintliche Geistererscheinung auf. Ein Raunen ging durch die Reihen. Die Aufmerksamkeit, die er erregte, war dem Inspektor ein Gräuel. Aber was sollte er dagegen tun? Auch der uniformierte Kollege sah ihn erschrocken an, als er ihn ansprach.

»Wir haben die Personalien der Leute aufgenommen«, berichtete er schließlich. »Die Herrschaften, die das Opfer persönlich kannten, sitzen alle in der ersten Reihe.«

»Danke. Irgendwelche Zeugen für den Mord?«

»Alle haben gesehen, wie der Mann gestorben ist. Niemand, wie das Gift ins Wasser gelangt ist. Die Tatortgruppe hat Karaffe, Glas und Inhalt schon sichergestellt.«

Enter ordnete an, das Publikum, bis auf jene in der ersten Reihe, nach Hause zu schicken. Bei Bedarf würde er sie in den nächsten Tagen befragen. Die Bekannten des Opfers ließ er, einen nach dem anderen, zu sich in den Nebenraum rufen.

Frau Goldammer war kreidebleich. »Um 19.25 Uhr hab ich die Karaffe mit frischem Wasser und ein sauberes Glas an den Tisch gebracht. Wie immer. Das Mikrofon war zu diesem Zeitpunkt schon auf Herrn Doktor Kunz eingestellt«, schilderte die Assistentin mit zittriger Stimme. »Pünktlich um 19.30 Uhr hat er Platz genommen und mit seiner Lesung begonnen. Nach etwa zehn Minuten hat er sich selbst Wasser eingeschenkt, getrunken und …« Immer noch fassungslos griff sich die Frau an den Mund.

Welches Motiv sollte sie haben, den Autor zu vergiften? Bis zu diesem Abend hatte sie nur per E-Mail mit ihm verkehrt. Enter fiel beim besten Willen keines ein. Er ließ sie gehen.

»Leo hat um exakt 19.44 Uhr zur Karaffe mit dem vergifteten Wasser gegriffen. Ich hab zufällig auf meine Uhr gesehen«, berichtete der Mann, der sich als Verleger vorstellte. »Als er zu röcheln begonnen hat, bin ich sofort zu ihm, um zu helfen. Ich dachte, er hätte sich verschluckt.«

»Haben sich die Bücher von Herrn Doktor Kunz gut verkauft?«

»Unter den gut 20 Büchern, die er bisher bei allen möglichen Verlagen veröffentlicht hat, war kein einziger Bestseller«, erklärte der Verleger. »Auch die Verkaufszahlen der letzten beiden, die wir verlegt haben, waren enttäuschend.«

»Warum hat er sich diese Arbeit dann angetan?«

»Als Historiker war es ihm ein Anliegen, politisches Interesse zu wecken«, wusste der Verleger.

Für Enter klang das nicht gerade spannend.

»Mit seinem neuen Buch hat er jedoch den Nerv der Zeit getroffen«, fuhr der Verleger fort, »Stichwort Wutbürger.«

Dazu fiel dem Inspektor nur ›Unwort des Jahres‹ ein.

»Wir drucken demnächst die dritte Auflage.«

»Kunz war ein eitler Zeitgenosse«, erzählte der nächste Zeuge, ebenfalls ein Sachbuchautor. »Er hat hauptsächlich publiziert, um Frauen zu beeindrucken. Optisch hatte er ja wenig zu bieten. Oh, entschuldigen Sie bitte«, fiel dem Befragten die Ähnlichkeit des Ermittlers mit dem Opfer wieder ein.

Dass Frauen an Intellekt oder Aussehen interessiert waren, war Enter neu. Die, die er kennenlernte, forderten stets beides. Und ein möglichst gut gefülltes Bankkonto dazu. »Sie mochten Kunz nicht?«

»Wir waren mal Freunde. Sein neues Buch basiert auf meiner Idee. Er hat mir meinen Entwurf gestohlen«, behauptete der Möchtegern-Bestsellerautor.

»Dann hatten Sie also ein Mordmotiv.«

»Ich wollte ihn verklagen, nicht umbringen. Fragen Sie meinen Anwalt.«

Schade, dachte Enter, als ihm plötzlich einfiel, dass er bereits einen anderen Hauptverdächtigen hatte.

Wer hat sich des Mordes am Autor verdächtig gemacht?

Lösung: 22. Rätsel-Krimi

Der Verleger wusste offenbar, dass das Gift in der Karaffe und nicht im Glas war. Das konnte nur der Täter wissen.

SPORT IST MORD

Das hatte Franz Enter gerade noch gefehlt. Diese Affenhitze in der Stadt, die für April höchst ungewöhnlich war, und zudem ein Einsatz zur Mittagszeit. Der Magen des Kriminalinspektors knurrte auf der Reichsbrücke, Höhe Mexikoplatz, lautstark.

Enter seufzte, hungrig und verschwitzt. Dass Klimaanlagen in Dienstfahrzeugen der Wiener Kriminalpolizei nicht zur Standardausrüstung zählten, wurde ihm normalerweise erst ab Mai oder Juni schmerzlich bewusst. Nach Luft ringend öffnete er die vorderen Autofenster, dann die oberen beiden Knöpfe seines Hemdkragens und fischte nach dem Taschentuch in seiner Sakkotasche, um sich damit die Schweißperlen von der Stirn zu wischen. Zu seinem Bedauern konnten ihm weder die Hitze noch die Aussicht auf die Leiche, die am anderen Ufer der Neuen Donau auf ihn wartete, den Appetit verderben. Dabei sollte er dringend abnehmen, hatte ihm der Arzt geraten. Sein Bauchfett, das unaufhaltsam zunahm – überhaupt, seitdem er nicht mehr rauchte –, würde ihn sonst vermutlich ins frühe Grab bringen. Auf alle Fälle müsse er fortan regelmäßig Sport treiben.

Die Vorstellung, seinen Körper schwitzend und keuchend im Fitnessstudio zu schinden und auf ein Schnitzerl mit Kartoffelsalat oder eine Stelze und ein Krügel Bier verzichten zu müssen, entlockte dem Inspektor ein weiteres Seufzen aus tiefstem Inneren.

Wenigstens wehte in Transdanubien ein Lüfterl, bemerkte Enter, als er aus dem Auto stieg, das er zwischen zwei Streifenwagen im Halteverboten abgestellt hatte. Von hier aus ging es nur zu Fuß, mit Rollerblades oder dem Fahrrad weiter. Vielleicht sollte er sich lieber einen Drahtesel zulegen, anstatt sich im Fitnessstudio zu quälen, überlegte er im Gehen. Radwege gab es inzwischen etliche in der Stadt und das Fahrradfahren verlernte man nie, hieß es immer. Ob das nach fast 35 Jahren ohne Sattel unterm Hintern auch noch galt?, rechnete Enter nach. Erschreckend, wie die Zeit verging! Bevor eh alles zu spät war, musste er sich um einen Mordfall kümmern und den Täter dingfest machen, der vermutlich längst über alle Berge war: Kahlenberg, Leopoldsberg und Bisamberg, die hinter Enters Rücken auf die Donau herabblickten.

»Hean S', Sie da!«, riss ihn eine männliche Stimme aus den Gedanken. »Was wolln Sie hier?«

Enter sah sich mit einem nackten Mann konfrontiert, der sich vor ihm aufpflanzte. Gegen den Ballon, den das Deix-Model vor sich hertrug, nahm sich der Bauch des Inspektors geradezu mickrig aus. Noch schlimmer war es um die Frau an der Seite des Dicken bestellt, die zu seinem Leidwesen ebenfalls textilfrei loskeppelte.

»Ziagn S' Ihna gfälligst aus! Hier is FKK«, verlangte sie von Enter, der alle Mühe hatte, die beiden sekundären Geschlechtsmerkmale der Frau, die der Schwerkraft bereits bis knapp über Nabelhöhe gehorchten, zu ignorieren. Irritiert wandte er den Blick ab und zückte seinen Dienstausweis.

»Jössas! Was habn S'n des ned glei gsagt, Herr Inspektor?«, zwitscherte die Nackte. »Is leicht was passiert?«

»Mir san grad erst kommen«, erklärte der Dicke.

»Aha«, erwiderte Enter knapp, das bedrohliche Wippen der Riesenbrüste vor Augen. Die Aversion, die er gegen Nacktbader hegte, hatte ihm seine Mutter eingebrockt, die ihn, pubertierend, an den FKK-Strand in der nahen Lobau mitgeschleppt hatte. Solchermaßen traumatisiert, setzte er seinen Weg fort, vorbei an den Büschen, der Polizeiabsperrung und den Uniformierten, die ihm zunickten, bis er beim Gerichtsmediziner eintraf, der gerade zusammenpackte.

»Tod durch Ertrinken?«, fragte Enter und blickte auf den Mann zu seinen Füßen, der beneidenswert muskulös, aber tot war. Dem Trikot nach zu schließen, war er Mitglied eines Rudervereins weiter oben an der Donau gewesen.

»Das dachte ich zuerst. Aber dann habe ich ein gut verstecktes Ödem gefunden. Ein Gegenstand muss ihn hart am Hinterkopf getroffen haben«, meinte der Arzt, während sich Enter Handschuhe anzog. Hockend inspizierte er die dicke Beule, die unter dem dichten, fast trockenen Haar der Leiche kaum zu entdecken war. »Todeszeitpunkt?«, fragte er.

»Er ist keine zwei Stunden tot, hat auf dem Wasser getrieben, als ihn seine Kollegen herausgefischt haben. Dort drüben stehen sie.«

Jetzt erst sah Enter die Männer, die dieselben Trikots wie der Tote trugen, alle durchtrainiert vom Kopf bis zu den Zehenspitzen.

»Ich hab ihn entdeckt«, erklärte ein Kahlköpfiger. »Erst ist mir das leere Boot aufgefallen. Dann hab ich den Harry auf dem Wasser treiben sehen. Ich hab versucht, ihn vom Boot aus rauszufischen.«

»Dann sind wir dazugestoßen und haben ihn schließlich geborgen«, meinte einer der beiden Männer, die im Zweier gerudert waren.»Ich bin ins kalte Wasser gesprungen.«

»Und ich hab ihn ins Boot gezogen. Am Ufer haben wir beide es mit Erster Hilfe probiert. Zu spät …«, meinte der andere Zweier.

»Wann ist Ihr Kollege denn losgerudert?«, wandte sich Enter wieder an den Einer.

»Etwa eine Minute vor mir.«

»Ihr seids doch gemeinsam aus der Umkleide gegangen«, entgegnete der größere Zweier.

»Ja. Aber ich musste noch aufs Klo. Der Harry ist schon mal los. Vorher haben wir gewettet, ob ich ihn einhole.«

»Haben Sie dann ja auch. Und Sie?«, wandte sich Enter an die Zweier.

»Vielleicht zwei Minuten danach.«

»War heute sonst wer im Verein?«

Alle drei schüttelten den Kopf. »Nur die Doris, die im Vereinshaus arbeitet.«

»Und keiner von Ihnen will gesehen haben, was dem Kollegen zugestoßen ist?«

Wieder Kopfschütteln. »Es war sicher ein Unfall«, meinte der kleinere Zweier.

»Irgendeine Idee, was passiert sein könnte?«, fragte Enter die Ruderer.

»Vielleicht ist ihm schlecht geworden.« Alle nickten synchron.

»Der beste Ruderer kann mal kentern und sich beim Versuch, wieder einzusteigen, den Kopf stoßen«, meinte der Einer.

»Oder er hatte einen Herzinfarkt«, spekulierte ein Zweier.

»Oder ein Schlagerl. Das kann leicht passieren, bei dieser plötzlichen Hitze. Selbst, wenn man topfit ist«, ergänzte der andere.

Täuschte er sich oder war der Blick des Zweiers eben über seinen Bauch gewandert? »Ich glaube nicht, dass es ein Unfall war«, verkündete der Inspektor grantig, aber bestimmt.

Warum glaubt Enter nicht an einen Unfall?

Der Einer wusste offenbar, dass der Tote eine Kopfverletzung hatte, obwohl diese durch das dichte Haar nicht zu sehen war, ohne gezielt danach zu suchen. Tatsächlich hat er den Kollegen schon am Steg im Boot erschlagen und ihn der Strömung überlassen, bevor er wenig später einen Rettungsversuch vorgetäuscht hat.

Lösung: 23. Rätsel-Krimi

BESCHEIDENE ZEITEN

Es war einer jener Tage, an denen sich Franz Enter wünschte, einen anständigen Beruf ergriffen zu haben. Banker zum Beispiel. Oder Politiker. Nicht Inspektor bei der Mordkommission. Aber genau das war er nun einmal. Und würde es vermutlich auch bleiben, bis er endlich den wohlverdienten Ruhestand antreten durfte. Falls er selbigen überhaupt noch erleben würde. Das Sparpaket, das die Regierung in einem Akt der Verzweiflung geschnürt hatte, hatte ihm zunächst einmal eine Nulllohnrunde beschert. Einschnitte bei den Beamtenpensionen waren über kurz oder lang zu befürchten. Irgendwann würde es auch die Diener des modernen Raubritterstaates treffen. Ja, er hätte Politiker werden sollen. Die konnten es sich richten.

Franz Enter seufzte, als er sich auf der Wiener Ringstraße in die rechte Spur hinter einem Fiaker einordnete, um unmittelbar nach dem Burgtheater abzubiegen. Die traditionsreichen Kutscher hatten es auch nicht gerade leicht in einer Stadt, die ihren Rössern Windeln verpasste. Als ob Pferdeäpfel schlimmer wären als Abgase und Feinstaub, die Fahrzeuge mit mehr als zwei Pferdestärken verursachten. Die Männer auf den Kutschböcken hatten es aber allemal besser getroffen als die Toilettenfrauen, die neuerdings in Wien gefährlich lebten. Bereits der dritten infolge war heute Morgen die Kehle durchgeschnitten worden. Diesmal auf der Toilette eines altehrwürdigen Kaffeehauses. Auch ihr war, wie den beiden Vorgängerinnen, die Tageslosung, die zur frühen Tatzeit nicht exorbitant hoch gewesen sein konnte, entwendet worden. Von einem simplen Raubmord konnte man sowieso nicht sprechen. Wieder hatte der Täter eine Botschaft auf dem Spiegel über den Waschbecken hinterlassen.

›Schluss mit der Scheiße‹ las Enter, als er die Damentoilette im Keller des Cafés betrat, in der die Leiche auf ihren Abtransport in die Sensengasse wartete. Gegen einen solchen Häuslspruch war grundsätzlich nichts einzuwenden, wäre er nicht mit dem Blut des Mordopfers geschrieben worden. Warum beschleunigte ein Serienmörder das ohnehin unaufhaltsame Aussterben eines Berufes? Es war nur eine Frage der Zeit, bis die Damen alle durch vollelektronische Münzanlagen ersetzt wurden, wie auf den Bahnhöfen. Zugegeben: Enter hatte sich schon des Öfteren darüber geärgert, dass man, um seine Notdurft zu verrichten, 20 Cent zahlen musste. Wenn nicht sogar 50. Das entsprach immerhin stolzen sieben Schilling! Dabei ließen sich Reinigungskosten doch viel eleganter in Melange und Co. einrechnen, was bei den Preisen hier bestimmt niemand bemerken würde.

Auf alle Fälle musste derjenige wahnsinnig sein, der durch die Stadt lief, um alle Klofrauen umzubringen, wo sich in Zeiten wie diesen vermutlich genügend Anwärterinnen als Hygienefachkraft bewarben, obgleich das Berufsrisiko momentan höher war als das eines Formel-1-Fahrers oder einer Stuntfrau.

›Schluss mit der Scheiße‹. Enter starrte die Handschrift des Mörders an. Noch immer war ihm nicht klar, was dieser konkret damit meinte. War er scatophob, wie der Profiler letztens die Angst vor Exkrementen genannt hatte? Oder handelte es sich gar um eine Täterin mit pathologischer Aversion gegen Klofrauen? Immerhin war der Tatort zum zweiten Mal eine Damentoilette. Lediglich die erste Leiche war im Pissoir der öffentlichen Bedürfnisanstalt am Graben aufgefunden worden. Womöglich wollte er oder sie ein politisches Zeichen setzen, keimte plötzlich ein neuer Verdacht im Kriminalinspektor auf. Ja, das konnte es sein! Jemand wollte jegliche Abzocke abschaffen, beginnend bei den Grundrechten des Menschen. Oder zählte das Recht auf freies Urinieren etwa nicht dazu? Enter beschloss, sich bei einem Bekannten zu erkundigen, der beim UN-Menschenrechtsrat in Genf arbeitete. Der musste so etwas schließlich wissen. In Gedanken versunken schnaufte er die Treppe hinauf. Oben wurde er von einem jungen Mann angesprochen, gerade als sein Handy einen entgangenen Anruf signalisierte. Darum würde er sich später kümmern.

»Gerd Loho«, stellte sich der Mann vor. »Führen Sie die Ermittlungen?«

Enter bejahte.

»Ich hab alle fotografiert, die da unten waren«, erklärte Loho beflissen.

»Warum das denn?«, fragte Enter. Sollte er einmal Glück haben und den Täter, passend zum Tatort, quasi auf dem Silbertablett serviert bekommen?

»Für meine Diplomarbeit«, sagte der Mann, »über die Wirkung von Kaffee auf den Wasserhaushalt.« Loho hielt Enter sein Smartphone unter die Nase. »Die hier hat die

Leiche gefunden. Schreiend ist sie heraufgerannt, mit Blut an den Ärmeln.«

Enter nahm ihm das Handy ab, um das Foto aus einiger Distanz zu betrachten. Er musste sich endlich eine Lesebrille zulegen, beschloss er und blätterte zurück. Vor der schreienden Frau war ein Mann und vor diesem eine Frau unten gewesen. Seit dem Leichenfund hatte man alle Gäste im Café festgehalten, um deren Personalien aufzunehmen. Zuerst nahm sich Enter die Dame vor, die die Leiche gefunden hatte. Die erwähnten Blutspuren reichten bis zu den Ellenbogen ihrer ansonsten weißen Bluse. »Ich hab ihren Puls fühlen wollen«, erklärte sie. »Aber da war nichts mehr. Also hab ich noch im Keller die Polizei angerufen.«

Ihm sei nichts aufgefallen, meinte der Mann im schwarzen Rolli, der vor der ersten Zeugin die Toilette aufgesucht hatte. Er sei ja auf dem Herrenklo gewesen. Immer wieder rieb er seine Hände an den schwarzen Jeans unterm Marmortisch.

Enter sprach ihn darauf an.

»Ich schwitze stark, wenn ich nervös bin«, erklärte er. »Ich sollte längst bei einem Termin sein.«

Enter notierte sich seine Daten und ließ ihn gehen. Als Nächstes begab er sich zur Frau, die vor dem Mann im Keller gewesen war.

»Sie hat noch gelebt, als ich unten war. Ich habe ihr 30 Cent auf den Teller gelegt. Sonst war da nicht viel drauf, nein.«

Wie Enter es erwartet hatte. Doch halt! Auf einmal fiel ihm ein Detail auf, das es unbedingt zu überprüfen galt.

Welches Detail stört Franz Enter? Wen oder was will er überprüfen?

Lösung: 24. Rätsel-Krimi

Die Dame, die die Leiche gefunden hat, will von der Toilette aus die Polizei angerufen haben. Enters Handy hatte im Keller keinen Empfang, deshalb war ihm der Anruf entgangen. Nun will er überprüfen, ob die Frau gelogen hat.

EIN MÄNNLEIN STIRBT IM WALDE

Als Franz Enter an diesem schwülen Maitag aus dem Dienstwagen stieg, atmete er erst einmal tief ein, um seiner Städterlunge eine ordentliche Brise frische Waldluft zu gönnen. Das war zumindest der Plan des Kriminalinspektors gewesen. »Pfui Teufel!«, fluchte er stattdessen, kaum dass die Geruchsrezeptoren olfaktorischen Alarm im Gehirn ausgelöst hatten. Selbiges befahl seiner Hand, das verknitterte Leinensakko umgehend nach einem Taschentuch zu durchsuchen. Dabei hatte sich Enter auf den Einsatz im deutlich kühleren Wienerwald beinahe gefreut. Als passionierter Wanderer, der er von Jugendbeinen an war, kannte er die Wege vor und hinter den westlichen Toren seiner Heimatstadt besonders gut und schätzte vor allem jene, auf denen man nur selten jemandem begegnete. Wie eben diesen hier.

Unterwegs presste er das Taschentuch gegen die Nase und atmete durch den Mund weiter, um das penetrante Odeur möglichst zu entschärfen. Dabei mochte er Bärlauch recht gerne, solange die Blätter noch jung waren, ob als Schaumsüppchen, Pesto oder in Form von Knödeln genossen. In voller Blüte allerdings, und in diesen Massen, war der Geruch der Pflanzen vermutlich unerträglicher als jener der vergleichsweise frischen Leiche, die ihn am nahen Mauerbach erwartete. Vorsichtig stieg Enter den steilen Abhang hinab, der bis zum Ufer hinunter mit Bärlauch übersät war. Hier auszurutschen hätte ihm gerade noch gefehlt! Bärlauch, Bärlauch und nichts als Bärlauch, so weit das Auge reichte. Und dazwischen lag der Tote, seitlings in den Pflanzen, die Beine im seichten Wasser. Unter dem rechten Schulterblatt steckte ein Küchenmesser, weshalb Enter einen Unfall oder Selbsttötung ausschloss. Verwundert stellte er fest, dass beim Anblick der Leiche auf einmal sämtliche Geruchsimpressionen ausgeblendet waren. Nach unzähligen Leichensektionen, denen er beigewohnt hatte, war ihm dieser Verdrängungsmechanismus offenbar in Fleisch und Blut übergegangen. Schade nur, dass er bei Bärlauch nicht funktionierte.

Ein uniformierter Polizist trat auf den Inspektor zu, um ihm einen Überblick zu verschaffen. »Die beiden Spaziergänger dort drüben sind mit ihrem Hund durch den Mauerbach gegangen …«

»Im Wasser?«, unterbrach Enter ihn, während er sich den Schweiß von der Stirn wischte und das Taschentuch anschließend in seinem Sakko verschwinden ließ. Gar keine blöde Idee bei diesen Temperaturen durchs kühle Wasser zu wandern, überlegte er. Vielleicht sollte er das bei nächster Gelegenheit selbst einmal ausprobieren. Enters Blick wanderte von den Trekkingsandalen der beiden Zeugen zu ihrem Hund, der gierig an einem Stück Holz nagte. Vermutlich war das Tier ebenso hungrig wie der Inspektor, der sich seit nunmehr vier Wochen auf Diät befand, wozu ihm der Arzt dringend geraten hatte.

»Ja, sie sind im Wasser gegangen und wollten durch den Wald wieder zurück«, berichtete der Polizist weiter und zeigte in die Richtung, aus der Enter gekommen war. »Eingestiegen sind sie unter der Brücke vor dem Schloss Laudon. Der Hund hat den Toten entdeckt«, las er seine Notizen laut vor. »Allem Anschein nach handelt es sich um einen Chinesen …«

»Für mich sieht er wie ein Dalmatiner aus«, hörte sich Enter scherzen. Offenbar waren ihm die Bärlauchdämpfe zu Kopf gestiegen. Um ein Haar hätte er sich für seine Bemerkung entschuldigt.

»Ich meinte den Toten, nicht den Hund«, stellte der Uniformierte allen Ernstes klar.

Von den beiden Spaziergängern, die am nahen Wolfersberg wohnten, erfuhr er, dass der Tote in einem China-Restaurant in der Gegend gearbeitet hatte, und begab sich als Nächstes in die Linzer Straße. Schon an der Tür des Lokals schlug ihm Knoblauchgeruch entgegen. Der Chef hinter der Theke sprach nur gebrochen Deutsch, die Kellnerin hingegen fast akzentfrei. Enter zückte sein Handy, um ihnen das Porträt der Leiche zu zeigen. Die Kellnerin kreischte auf und fasste sich an den Mund, ehe sie schluchzend auf einen Sessel fiel. Der Chef stammelte etwas auf Chinesisch.

»So kommen wir nicht weiter«, meinte Enter nach einer Weile zur Frau gewandt. »Wie heißt der Mann? Hat er hier gearbeitet? Oder möchten Sie lieber später ins Kommissariat kommen?«

»Wang Yi war mein Freund und hat wie ich hier gekellnert.« Sie biss sich auf die Unterlippe.

»Und wann haben Sie ihn zuletzt gesehen?«

»Heute um zehn, oben in der Wohnung«, schluchzte die Chinesin. »Er wollte vor der Arbeit frischen Bärlauch holen. Mein Onkel hat sich nicht wohl gefühlt und ihn darum gebeten. Normalerweise geht er selbst in den Wald.« Sie zeigte auf den Chef.

»Und jetzt geht's dem Onkel wieder gut?« Enter musterte den Mann. Die Chinesin übersetzte Frage und Antwort. »Danke, es geht wieder«, meinte sie schließlich.

»Was haben Sie heute Vormittag gemacht?«, wollte Enter als Nächstes von ihr wissen.

»Ich habe hier aufgeräumt, bis die ersten Gäste kamen, und war dann wie immer mit dem Servieren beschäftigt. Danach hab ich versucht, Yi zu erreichen. Aber sein Handy ist in der Küche gelegen.«

Wie aufs Stichwort kam der Koch aus der Küche und setzte sich auf Enters Aufforderung zu ihnen. Auch er wurde mit dem Tod des Kollegen konfrontiert.

»Wo waren Sie heute Vormittag? Und wann haben Sie Herrn Wang zum letzten Mal gesehen«, fragte Enter auch ihn.

»Kurz vor zehn Uhr war ich in der Küche. Ich hab ihn gestern Abend zum letzten Mal gesehen.«

»Und der Chef? Könnten Sie ihn bitte fragen, wann er Herrn Wang zuletzt lebend gesehen hat?«

Wieder übersetzte die Chinesin Frage und Antwort. Der Chef gab an, Wang Yi morgens am Handy angerufen zu haben, um ihn in den Wald zu schicken, damit er Bärlauch hole. Sein Kopf habe höllisch geschmerzt, weshalb er liegen geblieben war.

Enter beschlich ein Verdacht. Obwohl er die Nase von Bärlauch gestrichen voll hatte, beschloss er in der Küche danach Ausschau zu halten. Tatsächlich! Frisch gepflückt und geputzt lag das Grünzeug da. Jetzt musste er nur noch herausfinden, wer von den Dreien ihn angelogen hatte.

Welches Detail erregt Franz Enters Verdacht?

Lösung: 25. Rätsel-Krimi

Angeblich ist das Handy des Toten in der Küche gelegen, obwohl er an diesem Tag noch gar nicht dort war. Sein Mörder muss das Handy an sich genommen haben, nachdem er Wang Yi im Wald erstochen hat. Den frischen Bärlauch, den Enter in der Küche vermutete, hatte der Täter bei dieser Gelegenheit gleich mitgenommen.

SÜSSE SÜNDE

Wenn es etwas gab, wofür er einen Mord begangen hätte, dann Marillenknödel. Da war sich Franz Enter beinahe sicher. Entschlossen klappte der Kriminalinspektor die Speisekarte zu und orderte bei der Wirtin, ehe sein schlechtes Gewissen dies verhindern konnte.

»Die werden dir schmecken, Franz«, versprach Frau Evi und stellte ein Viertel Grünen Veltliner vor ihm auf den Tisch. »Heuer sind die Marillen aus der Wachau besonders süß und saftig. Wirst sehen …« Lächelnd stapfte die gut erhaltene und ebenso gelaunte Mittfünfzigerin zur Durchreiche neben der Schank, um die Bestellung lauthals in der Küche zu verkünden, in der an diesem Sonntag emsiges Treiben herrschte.

Franz Enter seufzte selig und trank einen Schluck Wein. Wie schön, dass es in Zeiten wie diesen solch ein Gasthaus in Wien überhaupt noch gab. Die meisten Wiener Wirte waren längst Döner, Sushi und weitaus schlimmeren kulinarischen Grauslichkeiten gewichen. Oder kredenzten überteuerten Tafelspitz, Wiener Schnitzel & Co für Schicki und Micki.

»Auf Evi und ihre Marillenknödel!«, prostete Enter seinem schlechten Gewissen zu, das prompt mit Protest konterte.

»Du hast nur vier Kilo in zweieinhalb Monaten abgenommen«, ermahnte es ihn, »wir haben noch mindestens doppelt so viel vor uns.«

»Aber nicht heute«, blieb Enter beharrlich und trank sein Glas demonstrativ aus. Wenn es nötig war, würde er sein verdammtes Gewissen im Veltliner ertränken. Immerhin war er erst morgen wieder im Dienst – und auf Diät, hatte er soeben beschlossen. »Noch ein Vierterl, bitte!«, rief er Evi zu. Diese Schlacht würden er und seine beiden engsten Verbündeten gewinnen: Hunger und Gusto.

Das Wasser lief Enter im Mund zusammen, als Evi zwei Portionen der heiß ersehnten Diätsünde an den Nachbartisch servierte. »Bitte schön, die Herrschaften. Nach dem Rezept meiner Oma, Gott hab sie selig. Mahlzeit!«

»Da bin ich mal gespannt«, hörte Enter die Frau antworten, »die Presse hat Ihre Knödel ja in den Himmel gelobt.« Evi fühlte sich sichtlich geschmeichelt.

Deshalb war es heute so voll hier, überlegte Enter, der den letzten freien Tisch ergattert hatte. Manchmal hatte man eben Glück, musste er, wenn auch ungern, zugeben. Der Duft, der ihm von nebenan in die Nase strömte, ließ seinen Magen noch lauter knurren. Da half auch ein kräftiger Schluck vom zweiten Glas Veltliner nicht viel. Gierig starrte er auf die flaumigen Knödel, die auf den Tellern dampften. Wie es sich gehörte, waren sie in reichlich goldbraun angerösteten Bröseln gewälzt worden. Gefüllt waren sie mit Wachauer Marillen, in deren Herzen üblicherweise ein Stück Würfelzucker geschmolzen war. Als Stammgast wusste Enter, dass Evi stattdessen, wie schon die Mutter und Großmutter, Marzipan bevorzugte. Er schluckte den vielen Speichel in seinem Mund hinunter. Ja, so mussten Marillenknödel aussehen. So und nicht anders. Er konnte es kaum noch erwarten, diesem paradiesischen Genuss zu frönen.

Aber was war auf einmal mit dem Herrn am Nachbartisch los? Mit einer Hand griff er sich an die Kehle, den anderen Arm streckte er der Frau entgegen, die ihm gegenübersaß. »Karin …«, röchelte er, »Kaaa-rin, bi-tte …« Er krächzte unverständlich weiter, schnappte nach Luft, keuchte und fiel schließlich vornüber auf den Teller. Mitten in die Marillenknödel. Die Frau kreischte auf. »Poldi! Was ist mit dir? Hilfe! So helfen Sie meinem Mann doch!«, schrie sie und sprang von ihrem Stuhl hoch. Alle Augen waren auf die beiden gerichtet.

Verdammt!, fluchte Enter insgeheim und tat es der Dame gleich. Evi stürmte herbei – mit seinen Marillenknödeln, ausgerechnet jetzt. Von wegen Glück! Das Leben war nicht fair. Genau so wenig wie der Tod.

»Jessas! Was is'n los mi'm Herrn Gemahl? Is' ihm schlecht?«, fragte Evi.

»Ich weiß nicht, das Herz vielleicht …«, stammelte die Frau.

»A Herzkasperl? Sie, gnädiger Herr! Hallo! Hearn Sie mi?« Evi rüttelte den regungslosen Mann an der Schulter, was keinerlei Reaktion hervorrief, während Enter zum Handy griff, um den Notarzt zu rufen.

»Lassen Sie mich mal zu ihm«, drängte sich ein junger Gast an den Tisch, »ich bin Medizinstudent. Peer, mein Name.«

Enter stellte sich ebenfalls vor, während der junge den älteren Mann auf den Boden legte. Die Frau namens Karin sah Enter erschrocken an. Kein Wunder, schließlich war ihr Mann vor ihren Augen zusammengebrochen und reagierte weder auf die Herzmassage noch auf die Mund-zu-Mund-

Beatmung, die ihm der Nachwuchsmediziner angedeihen ließ, bis endlich die Rettung eintraf.

»Herzinfarkt?«, wandte sich Enter an den Notarzt, der wieder zusammenpackte, um ohne Patienten abzuziehen. Für Leichentransporte war die Bestattung zuständig.

»Kreislaufstillstand«, erwiderte er. »Er hat wohl einen allergischen Schock erlitten.«

»Und der Auslöser?«, fragte Enter nach. »Das sollen die Kollegen von der Gerichtsmedizin eruieren«, meinte der Notarzt und machte sich aus dem Staub.

»Mandeln«, sagte die frisch gebackene Witwe. »Poldi hatte eine Mandelallergie.«

»Das Marzipan in den Marillen!« Evi schlug sich mit der flachen Hand auf die Stirn.

»Marzipan? Wieso haben Sie das nicht gesagt?«, empörte sich die Frau.

»Sie habn mich ja ned danach gfragt«, rechtfertigte sich Evi.

»Aber wer gibt denn Marzipan in Marillenknödel?«, echauffierte sich die Frau.

»Meine Oma, meine Mama und ich«, meinte Evi beleidigt.

»Das weiß jeder hier«, mischte sich eine ältere Dame ein, die Enter schon öfters im Lokal gesehen hatte.

»Wir aber nicht. Wir waren heute das erste Mal in dieser Kaschemme. Das haben wir nun davon: Mein Poldi ist tot.« Die Frau ließ sich schluchzend auf den Sessel plumpsen. Evi sah Enter ratlos an, während den Inspektor ein Verdacht beschlich. »Würden Sie mir bitte den Inhalt Ihrer Handtasche zeigen«, wandte er sich an die Witwe.

Was vermutet Enter in der Tasche der Witwe?

Lösung: 26. Rätsel-Krimi

Enter vermutet ein Notfallset in der Handtasche der Frau des verstorbenen Allergikers, das diese ihm verweigert hat. Dass das für ihren Mann lebensgefährliche Marzipan in Evis Marillenknödeln war, wusste sie aus der Presse-Kritik und hat ihn vorsätzlich ins Lokal geführt.

WEIN, WEIB UND MORD

Franz Enter war grantig, als er Sonntagmittag an all den gut gelaunten Menschen im Gastgarten des Heurigen Stöckl vorbeimarschierte. Auf den Tellern türmten sich Fleischlaberl, Surbraten und Backhenderl, dass sich die Tische bogen. Der Kriminalinspektor konnte den Blick kaum abwenden. Wenn er seine Diät nicht bald beendete, würde er noch überschnappen. Nachts träumte er von allen möglichen kulinarischen Sünden, die er sich mit schlechtem Gewissen einverleibte. Untertags hungerte er. Meistens jedenfalls. Immerhin waren es jetzt schon fast fünf Kilo, die er mühsam abgenommen hatte.

»Vorsicht!«, trällerte eine Stimme, die einer jungen Kellnerin im Dirndl gehörte. Der Kies unter ihren Schuhen knirschte, als sie lächelnd ein Tablett mit Sodawasser- und Weißweinkaraffen an ihm vorbeitrug. Durstig war er auch, fiel ihm auf. Doch es half nichts. Anstatt es sich an diesem lauschigen Platzerl gemütlich zu machen, musste er den Einsatzort finden. Hier war weit und breit keine Leiche zu sehen.

»Suchen Sie was?«, sprach ihn eine ältere Kellnerin an, um ihm schließlich den Weg zum Weingut Stöckl zu erklären. Noch einmal musste Enter an all den duftenden Köstlichkeiten vorbei, den Heurigen wieder verlassen und um die Ecke biegen, wo sich der Eingang zum Weingut befand. Dass er nunmehr richtig war, bestätigten ihm der Leichenwagen und die Polizeifahrzeuge, die vor dem Winzerhof parkten. Dem Kollegen drohte ein Donnerwetter. Warum hatte er den Weg hierher nicht gleich korrekt angeben können, wo er doch schon vor Ort war?

Der Anblick der Leiche ließ Enter seinen Unmut vergessen. Fein säuberlich eingewickelt in transparenter Folie lag sie auf dem Boden der Lagerhalle, direkt vor den Stellagen, in denen sich die Weinkartons etwa zweieinhalb Meter hoch stapelten. Enter sah genauer hin. Die nackte Frau, deren Alter unter der Folie schwer zu schätzen war, starrte ihn mit weit aufgerissenen Augen und Mund an. Er wandte sich an den Gerichtsmediziner: »Ist sie erstickt?«

»Könnte sein. Ich muss die Leiche erst von der Folie befreien und obduzieren. Eine Verletzung kann ich so jedenfalls nicht feststellen.«

Enter war klar, dass die Leiche erst im Seziersaal ausgewickelt werden würde, um mögliche Spuren unter der Folie zu konservieren. »Von mir aus können Sie sie abtransportieren lassen. Ich hab genug gesehen«, meinte er.

Der Gerichtsmediziner verabschiedete sich und verließ die Halle, um die Bestatter zu verständigen, die draußen auf ihre Fuhre in die Sensengasse warteten. Enter blickte sich um. Unweit vom Gabelstapler stand ein kleineres Fahrzeug, bei dem es sich um die Tatwaffe handeln konnte. Vorne war eine Vorrichtung angebracht, auf der eine überdimensionale Rolle mit Folie steckte. »Weiß jemand, wie das Ding hier funktioniert?«, fragte er laut in den Raum.

»Ich könnte den Geschäftsführer holen«, schlug ein uniformierter Kollege vor.

»Und worauf warten Sie noch?«, schnauzte der Kriminalkommissar ihn an. Das war doch der Dillo, der ihn zum

Heurigen anstatt zum Weingut gelotst hatte! Wenig später kehrte dieser mit einem Mann um die Anfang 30 zurück, der sich als Paul Stöckl vorstellte. »Ich leite den Betrieb. Zusammen mit meiner Schwester.« Er schluckte und deutete auf die luftdicht verpackte Leiche, die wenige Meter von ihnen entfernt in den Transportsarg gehoben wurde.

»Herr Stöckl hat das Opfer gegen 10.40 Uhr gefunden und uns verständigt«, berichtete der Uniformierte. Der Geschäftsführer nickte. »Sonntags bin ich normalerweise nicht hier, aber heute wollte ich ein paar Flaschen Wein für eine private Verkostung holen.«

»Wann haben Sie Ihre Schwester denn zuletzt lebend gesehen?«

»Gestern Abend. Wir mussten noch etwas besprechen.«

»Hier?«

»Nein. Im Weinkeller. Es stehen einige Investitionen an.«

»Gab es Streit?«

Stöckl schüttelte den Kopf. »Wir waren uns einig, als wir beide gegen 22 Uhr nach oben in unsere Wohnungen gingen.«

»Gibt es dafür Zeugen?«

»Meine Frau kann bezeugen, dass ich um diese Uhrzeit heimgekommen bin. Meine Schwester lebte allein in ihrer Wohnung nebenan.«

»Und wie funktioniert dieses Ding hier?« Enter deutete auf die Folienrolle.

»Das ist eine Spezialkonstruktion, um die Kartons für den Transport auf den Paletten zu fixieren. Man fährt ein paar Mal um sie herum und die Rolle wickelt sich automatisch ab.«

»Kann man die auch runternehmen und händisch abwickeln?«

»Nicht leicht. Die Rolle ist zu zwei Drittel voll und viel zu schwer, um sie allein per Hand abzurollen.«

»Gibt es Ersatzrollen?«

»Ja sicher, dort hinten.«

Enter sah sich die Rollen an, die alle noch im Originalzustand waren. »Wer ist denn fürs Folieren zuständig?«

»Unser Lagerarbeiter. Der ist am Wochenende aber nicht hier.«

»War das Lager abgesperrt, als sie heute kamen?«

»Merkwürdigerweise war die Vordertür offen.«

Das würde ein schwieriger Fall werden, befürchtete Enter.

»Jeder hätte hier hereinkommen, meine Schwester umbringen und in Folie wickeln können.«

Enter nickte gedankenverloren. Aber wie war es einem einzigen Täter gelungen, die Frau einzuwickeln?, überlegte er. Es war nicht anzunehmen, dass sie freiwillig hier stand und sich einwickeln ließ. Und Leichen blieben ohne Hilfsmittel oder Helfer schlecht stehen. Es mussten also mindestens zwei Täter gewesen sein, glaubte Enter. »Hatte Ihre Schwester Feinde?«, fragte er laut weiter.

»Das nicht …«

»Aber?«

Stöckl räusperte sich. »Nun ja, sie stand auf SM-Spielchen«, flüsterte er. »Einmal wäre sie dabei fast erstickt. Sie musste reanimiert werden. Vielleicht ist ihr ihre sexuelle Neigung jetzt zum Verhängnis geworden.«

Das klang für Enters Ohren vorerst wie eine plausible

Erklärung. Womöglich hatte sich die Dame ja doch freiwillig einwickeln lassen, um durch den Sauerstoffmangel ihr Lustgefühl zu steigern. Und dann? Unsinn! »Ich denke, dass Sie Ihre Schwester getötet haben. Und wer hat Ihnen geholfen, sie einzuwickeln?«

Wie kommt Franz Enter darauf, Paul Stöckl zu beschuldigen?

Lösung: 27. Rätsel-Krimi

Paul Stöckl behauptete, seine Schwester sei umgebracht und dann mit Folie eingewickelt worden. Woher wusste er, dass sie nicht erstickt war? Tatsächlich diente das Folieren der Leiche, bei dem ihm seine Frau geholfen hat, nur zur Ablenkung auf die SM-Vorliebe der Schwester.

DIE AXT IM HAUS

Diesen Anblick hätte sich der ansonsten hartgesottene Kriminalinspektor der Wiener Mordkommission gern erspart. Der Schädel des Toten zu seinen Füßen war genau in der Mitte gespalten. Was früher zu einem menschlichen Gehirn gehört hatte, klebte teilweise auf dem Laminatboden, garniert mit reichlich Blut, das bis an die Decke des Vorzimmers gespritzt war. Hier war ein brutaler Henker am Werk gewesen, war Franz Enters erster Eindruck. Jemand musste völlig von Sinnen gewesen sein, lautete sein zweiter Gedanke. Nur der Routine war es zu verdanken, dass er den aufsteigenden Ekel hinunterschlucken konnte, anstatt sich zu übergeben wie der junge Kollege in Uniform, der ihm vorhin im Treppenhaus kreidebleich entgegengelaufen war, die Hand auf den Mund gepresst. Wie es aussah, hatte der Täter sein Opfer zielsicher mit einem einzigen Hieb getötet. Offensichtlich mit jener eingetüteten Axt, die ihm der Tatortermittler nun zur Begutachtung entgegenstreckte.

»Die Tatwaffe«, erklärte er.

»Was denn sonst«, knurrte Enter ihn an.

»Das Opfer dürfte seinem Mörder selbst die Tür geöffnet haben, bevor ihn der Axthieb überraschend getroffen hat«, ignorierte der Tatortermittler, der die Spurensicherung leitete, die schlechte Laune des Inspektors und kam stattdessen zur Sache.

»Überraschend?«, hakte Enter nach.

»Es gibt keine Abwehrverletzungen an den Armen oder Händen der Leiche«, antwortete der Gerichtsmediziner, der weiter hinten im Flur stand.

»Und wer ist hier reingelatscht?«, erkundigte sich Enter, den Blick auf die blutigen Schuhabdrücke gerichtet, die durch den Flur in ein Zimmer führten.

»Vermutlich der Täter. Schuhgröße 44«, meldete sich der Tatortermittler erneut zu Wort.

»Nach meiner ersten Einschätzung muss er in etwa gleich groß wie das Opfer sein«, sagte der Arzt. »1,80 bis 1,85 zirka. Der Einfallswinkel der Axt lässt darauf schließen, dass sie sich auf Augenhöhe begegnet sind. Heute zwischen 14 und 16 Uhr.«

»Die Plattensammlung und der Plattenspieler im Wohnzimmer sind kurz und klein geschlagen. Offenbar ebenfalls mit der Tatwaffe, die wir dort auf dem Boden vorgefunden haben«, erklärte der Leiter der Spurensicherung weiter.

»Das Opfer war uns bestens bekannt«, mischte sich nun auch der Polizist aus dem Treppenhaus ein, der unbemerkt in die Wohnung zurückgekehrt war. Sein Gesicht hatte wieder Farbe angenommen, allerdings vermied er es, die Leiche anzusehen. »Wir waren beinahe wöchentlich hier zu Besuch, weil sich die Nachbarn über zu laute Musik beschwert haben«, berichtete er.

War Ruhestörung das Tatmotiv?, überlegte Enter. Er selbst hasste jeglichen Lärm, den andere verursachten. Gut möglich, dass einer der Nachbarn ausgerastet war und für ewige Ruhe gesorgt hatte.

»Brauchen Sie die Leiche noch?«, unterbrach der Gerichtsmediziner seine Gedanken.

Enter hatte genug gesehen. Er winkte ab und folgte den Kollegen ins Wohnzimmer, um dort die Spuren zu begutachten, die ebenfalls dafür sprachen, dass sich jemand von Hardrock- und Heavy-Metal-Musik, die das Opfer offenbar bevorzugt hatte, ernsthaft belästigt gefühlt und dem Terror mit brachialer Gewalt ein Ende gesetzt hatte. Waren ›Ten Years After‹ Schuld am Mord? Ein Stück ihrer LP ›Stonedhenge‹ steckte noch am zertrümmerten Plattenteller. Wie grauenvoll! Ja, der Täter war unter den bemitleidenswerten Nachbarn zu suchen, war sich der Inspektor spätestens jetzt sicher. »Wer hat die Leiche denn gefunden?«, wollte er wissen.

»Die Putzfrau.«

»Heute? Am Sonntag?«

»Unter der Woche arbeitet sie im Supermarkt.«

»Und wo ist die Frau jetzt?«

»Im Krankenhaus. Akuter Schock. Mit 1,60 kommt sie als Täterin aber eh nicht infrage«, meinte der Polizist.

Das galt wohl für die meisten Frauen, gab Enter ihm insgeheim recht und machte sich auf, um die Nachbarn zu befragen. Der 42-Jährige, der die Garconniere linkerhand bewohnte, lebte allein. Er sei 1,87 Meter, sagte er aus. Außerdem, dass er von früher Jugend an schwerhörig sei. Das habe er einer Mumpserkrankung zu verdanken. Immer noch besser als Schrumpfhoden, fügte er lachend an. Er würde die Hörgeräte einfach abschalten, wenn der Nachbar wieder zu laut war. So auch heute gegen 14.15 Uhr. Die Polizei habe er wegen der Lärmbelästigung schon lange nicht mehr angerufen. Eine Axt besaß er nicht, meinte er ungefragt. Was sollte er damit auch anfangen in seiner kleinen Wohnung? Alibi für die Tatzeit hatte der Mann keines. Dafür Schuhgröße 43 1/2.

In der Zweizimmerwohnung zur Rechten des Opfers lebte ein kinderloses Paar um die Dreißig, das regelmäßig die Polizei verständigt hatte. »Warum heute nicht?«, wollte Enter wissen.

»Wir waren Mittagessen. Als wir gegen halb drei nach Hause kamen, war es totenstill hier«, sagte die Frau, deren Mann von der Größe her als Täter passte. »Meine Schuhgröße?«, reagierte er verwundert auf Enters nächste Frage.

»44«, antwortete die Frau. Auch der Kachelofen im Wohnzimmer schürte Enters Verdacht, obwohl weit und breit kein Brennholz zu sehen war. Die Heizsaison hatte auch noch nicht begonnen. »Den Ofen haben wir noch nie benutzt«, meinte die Frau. »Wir sind erst im Mai hier eingezogen«, ergänzte ihr Mann. »Außerdem gibt es eine Etagenheizung.«

Blieb noch der Nachbar, der einen Stock tiefer wohnte. Ein Jusstudent, der gerade an seiner Dissertation arbeitete. Manchmal hätte er den Idioten am liebsten umgebracht, gab er unumwunden zu. Sehr merkwürdig für einen Juristen, fand Enter. Weniger merkwürdig war, dass er den Vermieter endlich überzeugen hatte können, gegen den Ruhestörer eine Räumungsklage einzureichen. Das Verfahren lief noch. Vorerst helfe nur Oropax, meinte er. So auch heute, als gegen 14 Uhr wieder einmal die Wände wackelten. Die Körpergröße des Studenten stimmte, nur seine Füße waren um zwei Nummern zu groß. Alle Nachbarn hatten sich wenig betroffen über Enters Todesnachricht gezeigt. Sie wirkten sogar erleichtert, dass der Terror nun ein Ende hatte. Einer hatte sich verdächtig gemacht. Den wollte sich Enter noch einmal vorknöpfen.

Wen verdächtigt Enter?

Lösung: 28. Rätsel-Krimi

Der schwerhörige Nachbar hat ungefragt abgestritten, eine Axt zu besitzen.
Woher wusste er, dass dies die Tatwaffe war?

VOM REGEN IN DIE TRAUFE

»So ein Mistwetter!«, fluchte Franz Enter, während er über den nassen Kies hastete. Seit zwei Stunden goss es wie mit Schaffeln. Die Tür der Villa am Sieveringer Hackenberg öffnete sich, noch ehe der Inspektor anläuten konnte. Der Kollege im weißen Overall trat zurück und begrüßte ihn. Enter steckte den Schirm zu den anderen im Ständer unterm Vordach und streifte sich die Schuhe auf der Matte ab. Dennoch rutschte er drinnen auf den Marmorfliesen aus und wäre beinahe hingefallen. Irgendjemand hatte es wohl nicht so genau genommen wie er und Regenwasser und Schmutz im Eingangsbereich verteilt. Enter konnte sich gerade noch in die Arme des Kriminaltechnikers retten. »Verdammt! Was ist denn das hier für eine Sauerei?«, schimpfte er. »Sie sollen Spuren sichern, nicht welche hinterlassen. Noch dazu so gemeingefährliche. Ich hätte mir glatt den Hals brechen können!«

»Das waren wir nicht.«

»Hier lang, ins Büro«, winkte der Gerichtsmediziner den wutschnaubenden Inspektor zu sich. »Ich bin fürs Erste fertig mit der Leiche. Sieht für mich ganz nach Suizid aus.«

Enter folgte dem Doktor ins Büro. »Sind Sie für die Lacken im Vorraum verantwortlich?«, schnauzte er ihn an, musste sich jedoch mit einem Nein zufrieden geben. In der Schläfe des Toten, der noch immer im Ledersessel vorm Schreibtisch saß, klaffte ein Loch.

»Sehen Sie die Stanzmarke auf der Haut? Passt genau zur Beretta, die hier auf dem Boden lag«, meinte der Gerichtsmediziner und deutete auf das Kärtchen mit der 2, das die Spurensicherung anstelle der Tatwaffe auf dem Sternparkett positioniert hatte. Der Kollege von der Tatortgruppe nickte. »Außerdem haben wir diesen Abschiedsbrief sichergestellt. Er lag im Drucker.«

Enter nahm das eingetütete A4-Blatt, das ihm entgegengestreckt wurde, und tastete nach seiner Lesebrille. »Unterschrieben hat er nicht«, stellte er fest. Dann las er, dass der Hausherr nach dem Tod seiner Frau, die kürzlich ihrem Krebsleiden erlegen war, nicht mehr leben wolle. Selbst an seinen geliebten Oldtimern habe er die Freude verloren. Sein Sohn möge ihm verzeihen. Er hoffe, dass ihn die Hinterlassenschaft, die ihm als Alleinerben zustand, über den Verlust der Eltern hinwegtrösten würde. »Doktor Friedrich Lex«, schloss Enter laut. »Wer hat ihn gefunden?«, fragte er nach.

»Sein Sohn«, antwortete der Kollege, der den Brief wieder an sich nahm. »Vor einer knappen Stunde.«

»Und wo ist er jetzt?«

»Er wartet nebenan auf Sie.«

Lex junior stand im Erker des Wohnzimmers und telefonierte, den Blick auf die angrenzenden Weingärten gerichtet, als Enter eintrat. Der räusperte sich, was Lex sich umdrehen und sein Gespräch beenden ließ. Auf dem Weg zu Enter stellte der blonde Mann in schwarzen Jeans, mit schwarzem Rollkragenpulli und schwarz gerahmter Brille seinen leeren Whiskey-Tumbler auf dem Kaminsims ab. Er konnte keine 25 sein, schätzte Enter. An irgendwen erinnerte er ihn. Bloß an wen? »Mein herzliches Beileid«, sagte er und stellte sich vor.

»Lex, Friedrich der Dritte«, antwortete sein Gegenüber und schüttelte ihm die Hand. »Danke, Herr Inspektor«, fuhr er fort. »Das war vielleicht ein Schock, das können Sie mir glauben. Möchten Sie auch etwas trinken?« Lex deutete auf den Globus, der die Hausbar beherbergte.

Enter lehnte ab. Der junge Lex nahm sein Glas, um es aufzufüllen. Feinster Single Malt, bemerkte der Inspektor. Wie schade, dass er im Dienst war. »Es war also nicht damit zu rechnen, dass Ihr Vater sich nach dem Tod Ihrer Mutter selbst tötet?«

Lex zuckte mit den Schultern und nahm einen Schluck Whisky. »Wer kann schon in andere hineinschauen?«, meinte er dann.

»Hatten Sie ein gutes Verhältnis zu Ihrem Vater?«

»Abgesehen von den üblichen Meinungsverschiedenheiten, ja.«

»Üblich?«

»Mein Vater wollte, dass ich seine Anwaltskanzlei übernehme. Die Juristerei war aber nichts für mich. Also habe ich mein Studium an den Nagel gehängt und mit der Schauspielschule begonnen. Mein Vater war davon nicht sehr begeistert.« Daher der Oskar-Werner-Look, fiel bei Enter der Groschen. Lex kippte den Inhalt seines Glases in einem Zug hinunter. Für Vormittags eine beachtliche Dosis. In Anbetracht der Umstände aber verständlich, fand Enter. »Sie wohnen noch hier?«

»Wo sonst könnte ich als Student so feudal leben?«

»Und heute Nacht waren Sie zu Hause?«

»Ja. Ich bin gegen ein Uhr morgens ins Bett gegangen und erst aufgewacht, als ich den Schuss hörte.« Der Junior schloss kurz die Augen und wankte leicht. Ob diese Kunstpause dem Alkohol, der Emotion oder seinem Schauspieltalent zuzuschreiben war, wagte Enter nicht zu beurteilen. Noch nicht. »Wie spät war es da?«, fragte er nach.

Lex öffnete die Augen. »Um 10 Uhr habe ich Vater im Büro gefunden.«

»Das wissen Sie so genau?«

»Die Pendeluhr hat geschlagen, als ich ins Zimmer kam.«

»Und dann?«

»Habe ich die Polizei verständigt.«

»Wo waren Sie, bis meine Kollegen eintrafen?«

»Hier. Im Wohnzimmer. Ich konnte den Anblick meines toten Vaters nicht länger ertragen.«

»Die Waffe gehörte ihm?«

»Ja. Er hatte einen Waffenschein.«

»Und Sie?«

»Ich nicht. Wieso fragen Sie? Glauben Sie etwa, dass ich meinen Vater erschossen habe?«

»Ich werde nicht fürs Glauben bezahlt. Ihr Vater besaß Oldtimer?«

»Einige, ja.«

»Kann ich sie sehen?«

»Sicher.« Enter folgte Lex zu einer Tür, die ins Nebengebäude führte. Lex schaltete das Licht in der Garage an, die man getrost als Halle bezeichnen durfte. Lack und Chrom funkelten ihnen entgegen. Für Liebhaber von Oldtimern musste das hier das Paradies sein. Für Enter waren es nur sechs alte, gut gepflegte Autos, die schön anzusehen, aber vermutlich wenig zuverlässig waren. Die zwei neuen Modelle sagten ihm schon mehr zu: ein Jaguar XJ und ein Porsche 911, die laut Lex den Eltern gehört hatten. »Und wo ist Ihr Auto?«

»Mein BMW steht unten in der Einfahrt. Hier ist ja kein Platz mehr.«

»Dort wird er vermutlich noch länger stehen. Sie haben ihren Vater erschossen, nicht wahr?«

Warum hält Enter den jungen Lex für den Mörder?

Lösung: 29. Rätsel-Krimi

Enter nimmt an, dass das Regenwasser im Vorraum vom jungen Lex stammt, der erst morgens heimkam, in Streit mit seinem Vater geriet, ihn erschoss und den Abschiedsbrief schrieb. Der alte Lex wird bei dem Wetter vermutlich nicht vor die Tür gegangen sein.

SCHLAG AUF SCHLAG

An sich waren Leichen auf Friedhöfen nichts Ungewöhnliches. Sofern sie sich an das offizielle Prozedere hielten, also vor ihrem Eintreffen verstorben und zur Bestattung angemeldet waren. Nicht aber, wenn sie bei der Ankunft auf dem Friedhof noch quietschlebendig gewesen waren. Wenn dann auch noch ein gewaltiges Loch in ihrem Kopf klaffte, wie der Inspektor vorhin über Funk erfahren hatte, galten sie als mutmaßliche Opfer eines Gewaltverbrechens und waren ein Fall für die Wiener Kriminalpolizei. Franz Enter verschnaufte kurz, als er endlich die gesuchte Reihe 3 erreicht hatte. Der schweißtreibende Weg vom Parkplatz, unten bei der Gärtnerei, über den Friedhof am Berg hätte sich angesichts des herrlichen Blicks zum Lainzer Tiergarten und über Teile der Stadt beinahe gelohnt. Enter mochte Friedhöfe wegen der Ruhe, die hier meist herrschte, und wegen der mächtigen Bäume, die schon einige Menschengenerationen überlebt hatten. Heute aber wimmelte es von Einsatzkräften.

Der Tote ruhte bäuchlings halb auf einem Grab am Ende der dritten Reihe, halb auf dem Kiesweg. Enter musste die Leiche umrunden, um die tödliche Wunde hinter dem rechten Ohr begutachten zu können. »Er ist mit einem spitzen Gegenstand erschlagen worden. Vermutlich mit einem Gartengerät. Die Wunde ist mit Erdanhaftungen versehen«, meldete sich der Gerichtsmediziner zu Wort. Bei der Leiche waren aber keine Geräte entdeckt worden, die als Tatwaffe infrage kamen. Die Tatortgruppe hatte bisher nur das Handy und den Schlüsselbund des Toten sicherstellen können. Enter teilte die Einschätzung des Kriminaltechnikers, dass der Täter vor dem Gebüsch gestanden war und von hinten zugeschlagen hatte. Enters Blick wanderte zum Grabstein. Ferdinand Kronthaler, entzifferte er den vergoldeten Schriftzug, der in den glatt polierten, anthrazitfarbenen Block gemeißelt war, 1934–2011. »Ist die Leiche schon identifiziert?«, erkundigte er sich.

»Es handelt sich um einen gewissen Ernst Wilhelm, Alter 41, Hilfskraft der Friedhofsgärtnerei«, antwortete einer der Polizisten wie aus der Dienstpistole geschossen. Der Name kam Enter bekannt vor.

»Wilhelm hat sich um die Pflege der Gräber gekümmert, die von der Gärtnerei betreut werden«, fuhr der Kollege fort, während der Inspektor sein Langzeitgedächtnis vergeblich nach dem genannten Namen durchforstete. Allmählich wurde er alt, befürchtete Enter. Nicht nur sein Erinnerungsvermögen ließ nach. Auch um die körperliche Fitness war es schlecht bestellt, obwohl er mühsam sechs Kilo abgenommen hatte. Die waren fast vollzählig zurückgekehrt, seit er vor gut drei Wochen das Hungertuch geworfen hatte und wieder normal aß.

»Wilhelm wurde erst im September aus der Justizvollzugsanstalt Stein entlassen«, hörte er den Kollegen sagen.

»Tatsächlich? Wofür hat der denn gesessen?«

»Bewaffneter Raubüberfall mit Todesfolge.«

Schlagartig fiel Enter ein, woher er den Namen kannte. Der Anflug eines zufriedenen Lächelns huschte über sein Gesicht. Er selbst hatte Wilhelm damals des brutalen Überfalls an einer Pensionistin überführt, deren Habseligkeiten er geraubt hatte. Nur wenige Stunden nach der Tat war die alte Dame ihren Kopfverletzungen erlegen. Nun war der verurteilte Täter selbst erschlagen worden, wenngleich nichts für einen Raub sprach. Was sollte ein Ex-Sträfling schon besitzen, das zu stehlen sich lohnte und einen Mord oder Totschlag wert war? Viel wahrscheinlicher war doch, dass er Streit gehabt hatte und im Affekt getötet worden war. Oder jemand hatte ihm im Gebüsch aufgelauert und ihn vorsätzlich erschlagen. War Wilhelm einem Racheakt zum Opfer gefallen? Wie hatte die alte Dame noch mal geheißen, die er mit ihrem Schürhaken totgeschlagen hatte?, versuchte sich Enter weiter zu erinnern. Wieder blieb ihm sein Gedächtnis die Antwort schuldig. Also machte er sich auf den Weg ins Krematorium, wo die Zeugen auf ihn warteten.

Er habe die Leiche kurz vor halb neun entdeckt, als er das Grab seiner Mutter – das erste in der dritten Reihe – besucht hatte, sagte Otto Müller aus. »Zu Allerheiligen war ich verreist, darum wollte ich der Mama heute Blumen vorbeibringen.« Enter erkundigte sich nach dem Namen der Mutter. Erna Müller hatte Wilhelms Opfer nicht geheißen, da war er sich ziemlich sicher. Oder etwa doch?

»Ich habe ihn schon von Mamas Grab aus hinten liegen sehen und bin gleich wieder nach unten gelaufen, um Hilfe zu holen. Mein Handy war nämlich im Auto.«

»Sie selbst haben nicht versucht, dem Mann zu helfen?«

»Na, hören Sie. Ich hätte doch auch erschlagen werden können. Gibt ja genug Irre auf dieser Welt«, meinte Müller erbost.

»Unwahrscheinlich, aber immerhin möglich«, erwiderte Enter.

Als Nächstes befragte er den Friedhofswärter, der Wilhelm gesehen hatte, als er kurz nach acht durch den Haupteingang gekommen war. »Hatte er Arbeitsgeräte dabei?«

»Ja, er trug etwas auf seiner Schulter. Ehrlich gesagt habe ich nicht darauf geachtet, was genau es war.«

»War er allein?«

Der Zeuge nickte. Die nächsten 20 Minuten habe er niemanden gesehen, da er hinten gefrühstückt hatte. »Als ich zurück war, ist der Chef der Gärtnerei Ludwig mit dem Pick-up gekommen. Dann ist auch schon der Besucher aufgetaucht, der den Ernstl gefunden hat.« Otto Müller habe er vom Sehen gekannt, bestätigte der Wärter, der den Friedhof unverzüglich gesperrt und die Polizei verständigt hatte. Außerdem berichtete er von einem Streit, den Ludwig und sein Angestellter am Vortag gehabt hätten.

Ludwig gab an, gegen halb neun gekommen zu sein, und gestand nach einigem Zögern den Streit ein. »Er wollte mehr Lohn von mir. Ziemlich unverschämt für einen Ex-Knacki«, fand der Chef. Dass Wilhelm an diesem Morgen Arbeitsgeräte dabei gehabt hatte, nahm er an. »Wie sonst hätte er sich um die Gräber kümmern sollen?«

Obwohl Enter einen dringenden Verdacht hegte, wollte er sich auf dem Friedhof noch einmal genauer umsehen. Nicht nur, um vielleicht die Tatwaffe zu finden.

Was ist Enters Verdacht und was will er überprüfen?

Lösung: 30. Rätsel-Krimi

Enter hält Otto Müller für den Täter. Erstens hat er bei der Befragung die Angst geäußert, ebenfalls erschlagen zu werden. Da er die Leiche nicht aus der Nähe gesehen haben will, hätte er die Todesart nicht kennen können. Enter will nun überprüfen, ob sich die erwähnten Blumen am Grab der Mutter befinden. Tatsächlich hat Müller bei seinem Besuch den Mörder seiner Mutter erkannt und ihn mit dem eigenen Spaten erschlagen, den er anschließend versteckt hat.

GLOSSAR

133	Polizeinotrufnummer
AMS	Arbeitsmarktservice (in Deutschland Agentur für Arbeit)
aneinanderkleschen	streiten
Beisl, das	Kneipe
Beserlpark	Kleinparkanlage in Wien
Deix, Manfred	ist ein bekannter Karikaturist, der den typischen Österreicher gekonnt, aber wenig schmeichelhaft überzeichnet
Dillo	Idiot
Eierschwammerl	Pfifferling
fäun	stinken
fladern	klauen
Fleischlaberl	Frikadelle
Gschamstara, der	Freund
hamdrahn	umbringen
Häferl, das	Tasse
Häuslspruch	mehr oder weniger poetischer Satz, wie man ihn oft auf öffentlichen Toiletten findet
Hawara	Freund
Heh, die	Polizei
Hüttn, die	Lokal, Haus
Kiwarei, die	Polizei
Landl, das	Wiener Landesgericht, Untersuchungshaftanstalt

Lercherlschas, der	Lerchenfurz; etwas völlig Unbedeutendes
MA 48, die	der für Abfallwirtschaft zuständige Wiener Magistrat
Marillenknödel	Aprikosenklöße
okrageln	den Hals umdrehen, allgemein umbringen
Pücher, der	Betrüger
Sackerl, das	Tüte
Schaffel, das	größerer Behälter von anno dazumal
Schlagerl, das	Schlaganfall
Seidl, das	0,3-Liter-Bier(glas)
Sensengasse	Standort der Wiener Gerichtsmedizin.
Stelze, die	Eisbein
Taxler(in)	Taxifahrer(in)
Transdanubien	die Stadteile auf der anderen, der Innenstadt ferneren Seite der Donau
tschechern	Alkohol trinken
Tschick, der	Zigarette
tschicken	rauchen
ZIB 2	Spätabendnachrichten im ORF